HORROR NA COLINA DE DARRINGTON

NA COLINA DE DARRINGTON

Para todos aqueles que sempre acreditaram em mim.

Queremos livros que nos afetem como um desastre. Um livro deve ser como um machado diante de um mar congelado em nós.

— Franz Kafka.

SUMÁRIO

11		NOTA DO AUTOR
14		INTRODUÇÃO
17	I	CORDA TRANÇADA
23	II	A ESCURIDÃO SE APROXIMA
31	III	O MONSTRO NO CORREDOR
41	IV	MÃO MORTA
51	V	PORÃO
61	VI	PELA CULATRA
75	VII	SALVAÇÃO
85	VIII	AMANDA
97	IX	O RITUAL
109	X	UM TIRO NA ESCURIDÃO
119	XI	LOUCURA
131	XII	O DESPERTAR
140		AGRADECIMENTOS

NOTA DO AUTOR

Muitos talvez ainda não saibam, mas o *Horror na Colina de Darrington* nasceu como uma história propositalmente curta. Minha vontade, desde o início, foi de escrever uma história de suspense e terror sobrenatural ao melhor estilo *pulp* — estilo de narrativa em que a cena se sobrepõe ao enredo —, em que a sensação é a de estar assistindo a um filme. E o leitor "entra" na cena.

Quis escrever uma história impactante, sem acrescentar detalhes apenas para "engrossar" o seu número de páginas. Isso a fez intensa do início ao fim. Não há muito espaço para repouso, e o meu objetivo foi de manter o leitor grudado no livro até a última página. O *Horror na Colina de Darrington* possui uma trama complexa, que vai sendo desenrolada página a página, sem rodeios, como a realidade mais dura costuma ser. E os personagens acompanham esse estilo, tanto que os criei de forma que o leitor pudesse acrescentar mais detalhes como lhe fosse mais condizente. Para mim, esse é o grande lance do terror. Nem sempre o que é impactante para um pode vir a ser para o outro. E isso vale para os personagens e suas ações. A glória de uma boa história é que ela seja ilimitada e fluente. A história pertence a cada leitor de forma particular e a sua própria maneira.

Esta segunda edição para mim é a Edição Definitiva, e sempre existiu na minha cabeça. Desde o início quis uma história ilustrada, para acrescentar ainda mais imersão do leitor nas páginas. Mas quando publiquei a primeira edição essa ideia não passava de um sonho relativamente distante. Então o livro fez sucesso entre os leitores e, para minha surpresa, a tiragem inicial esgotou-se em menos de cinco meses. Os leitores curtiram tanto a história e a sua atmosfera que ofereceram muitos *feedbacks,* muito mais do que esperava. Isso renovou meu ânimo para trabalhar nesta nova versão e começar a produzir a sua continuação.

Então você pergunta: se a edição já estava fazendo sucesso, por que modificá-la? Se a história do primeiro livro está lá, completa, para que se incomodar?

Eu vinha pensando em preparar uma nova edição independente, então, como numa corrente de boas perspectivas, surgiu uma oferta melhor pela Faro Editorial, que buscava algo no gênero para publicar e resolveu apostar no meu projeto. Animado e encorajado, aproveitei para lapidar ainda mais a história e os personagens, acrescentando detalhes e situações interessantes, tudo na intenção de levar um livro ainda mais consistente para as prateleiras. Então uni o que funcionou na primeira edição com as ideias da nova casa editorial, e assim nasceu esta Edição Definitiva.

Vez ou outra me perguntam por que escrevo. Poderia falar bastante sobre os meus desejos, sonhos e motivações, mas prefiro resumir, até para não atrasar a sua viagem até Darrington. A grande verdade é que eu escrevo simplesmente por que gosto. Gosto de criar personagens, lugares e situações assustadoras. E gosto de ver as pessoas reagindo ao meu trabalho, viajando até os lugares que criei e vivendo as situações da minha imaginação.

Se conseguir fazer com que a sua viagem seja, pelo menos, interessante, então saberei que fiz um bom trabalho. Conte-me depois!

Marcus Barcelos
maio de 2016

TERÇA-FEIRA, 17 DE FEVEREIRO DE 2015

SANATÓRIO DO CONDADO DE BOROUGH

Meu nome é Benjamin Francis Simons. Mas podem me chamar de Ben, ou Benny, se quiserem... Houve uma época em que eu era conhecido assim.

Há mais ou menos onze anos tive a pior experiência da minha vida. Foi algo obscuro, assustador, bizarro, maldito... A verdade é que nenhum adjetivo consegue definir...

O que aconteceu mudou a minha perspectiva de vida para sempre e me assombra desde então, fazendo-me duvidar da minha sanidade e temer pela minha segurança constantemente.

Começou, sem nenhum aviso, quando fui passar uma temporada na casa dos meus tios na Colina de Darrington, em South Hampton, e terminou como um pesadelo que me arrancou a juventude, a realidade e me transformou nesta figura cheia de dúvidas, medos e paranoias.

Durante muito tempo evitei comentar sobre o assunto, mesmo com as muitas investidas da imprensa.

Nunca tive coragem de revelar todos os detalhes.

É doloroso revisitar esse pesadelo, por isso sempre mantive guardado em mim, como num cofre fechado, todo o horror que experimentei, ao vagar, naqueles dias, pelas profundezas do meu interior. Sempre achei que não adiantaria contar, então preferia viver os anos que me restavam em silêncio.

Até hoje...

I CORDA TRANÇADA

Ainda não sei se estou pronto para contar a história completa. Veja, faz alguns anos, e até hoje eu sofro com as memórias como se revivesse cada momento. Os detalhes estão embaralhados e muita coisa se perdeu. Já não sei mais o que é pesadelo e o que é realidade, não consigo mais distingui-los. Mas foi terrível. Terrível!

— Ben Simons, 17 de fevereiro de 2015.

EU PASSAVA UM TEMPO NA CASA DA MINHA TIA JÚLIA, ONZE anos atrás, mais precisamente em junho de 2004. Era uma casa grande e bem antiga, de construção rústica, com paredes de tijolos cobertas de hera, que ficava em uma colina afastada, numa cidadezinha calma ao sul de South Hampton, New Hampshire.

Certa madrugada, acordei com a boca extremamente seca e saí do quarto em que dormia, no segundo andar, para ir até a cozinha buscar água. A escada ficava no final do corredor, por onde caminhei, sonolento. Quando cheguei mais ou menos à metade, olhei com mais atenção à frente e vi minha priminha Carla, de cinco anos, sentada, olhando fixamente para cima. Ela estava bem animada, dando risadas enquanto virava a cabeça para os lados. Pude ver também que ela fazia caretas.

— O que está fazendo aí, Carlinha? — perguntei, bocejando e coçando a cabeça.

— Estou imitando a moça das tranças! — ela respondeu, rindo e contorcendo o rosto.

Olhei em volta — não havia mais ninguém além de nós.

— Onde está a moça, Carlinha?

Então, ela apontou para uma viga no teto que corria paralela à escada.

— E como é a moça? O que ela está fazendo?

— Ela está de vestido e fazendo caras engraçadas! — A Carlinha riu. — Assim, ó! — E tornou a imitar as caretas.

Como meu sono era ainda forte demais para continuar dando atenção, apenas sorri e voltei a andar. Foi quando ela disse algo em um tom triste que me fez estacar congelado no primeiro degrau:

— Mas as tranças da moça estão enroladas no pescoço dela...

Eu me virei para ela, que apontou de novo, bem acima de mim.

— A moça está pendurada pelas tranças no pescoço dela... Ela está balançando. — E a Carlinha voltou a rir. — Balançando e fazendo caras engraçadas. — E mais uma vez imitou as caretas.

Observei por alguns instantes as caretas que a Carla produzia. Foi quando um arrepio percorreu todo o meu corpo e tudo passou a fazer sentido. Não eram caras engraçadas! Ao ver as expressões que ela imitava, arregalando os olhos e a boca, sugando ar, tudo ficou claro — era a exata expressão de alguém que estava sufocando. E, com certeza, não eram tranças no pescoço da moça. Quando olhei para cima, minha mente fez seu trabalho e meu coração disparou: era uma corda.

— Ele também está olhando para a moça! Mas ele está triste... — a Carlinha disse de repente.

— Quem está olhando para a moça, Carla? — Eu tremia e tentava não olhar mais para cima, pois agora podia vê-la claramente, e o barulho da viga antiga rangendo me causava calafrios.

— O namorado dela! — a menina afirmou. — O moço me disse que foi ele quem a colocou ali...

Perguntei, então, gaguejando, me sentindo cada vez menor do que a minha prima de cinco anos:

— E cadê o namorado dela?

— Você não consegue ver? — ela perguntou, espantada.

— Ver...?

— Olha ele aí, ó! — A Carla apontou para o meu ombro. — Do seu lado, pertinho! O moço está te contando o segredo dele! Não consegue escutar?

Fechei os olhos e senti minhas pernas bambearem. Uma respiração fria soprava em meu pescoço, e como um sussurro de diversas vozes, graves, agudas e desesperadas, distingui pouquíssimas palavras, cujos significados tentei fingir que não entendia.

Quando abri os olhos, trêmulo, a Carlinha não estava mais lá. Tudo o que vi foi um homem de camisa xadrez vermelha segurando uma pistola, com o cabelo emplastrado em sangue, que deslizou rapidamente em minha direção e colou seus dois olhos vermelhos nos meus.

E depois não vi mais nada...

II A ESCURIDÃO SE APROXIMA

É muito difícil, entenda. São detalhes pesados, perigosos... Eu me sentiria muito melhor se fosse possível apagar o que aconteceu em seguida, mas não consigo. Isso me assombra.

Você tem certeza de que quer mesmo saber a história toda? Então dê-me um tempo, por favor...

— Ben Simons, 17 de fevereiro de 2015.

ACORDEI SEM FÔLEGO.

    O suor escorria pela minha testa e meu coração batia feito louco. A última lembrança ainda pulsava em minha mente com aterrorizante nitidez, mas a sensação de ter despertado completamente arfante fez tudo parecer ainda mais confuso. Só pude imaginar que tinha sido um pesadelo.

    Levantei-me da cama com dificuldade e olhei pela janela. O sol nascia tímido, tentando se sobrepor às nuvens negras que já preenchiam boa parte do céu. Mas eu ainda estava em South Hampton e lá fora tudo parecia tão normal quanto no dia anterior. No entanto, o que aconteceu do momento em que acordei de madrugada, para buscar água, até o instante, segundos atrás, em que abri os olhos quase sem conseguir respirar parecia insano demais para ser verdade.

    A casa estava silenciosa e as janelas balançavam num ritmo desordenado por conta do vento. Como num *déjà-vu*, saí do quarto e comecei a caminhar devagar pelo corredor. Só que dessa vez eu me sentia estranhamente incomodado, com uma horrível expectativa de olhar para a viga no final da escada. E, como se algo me tentasse, não consegui evitar. Olhei, mas não havia nada.

Esfreguei os olhos para tentar colocar os pensamentos em ordem.

Viviam na casa: a tia Júlia, o tio Romeo e minha prima Carla, de cinco anos. Minha prima Amanda, de dezoito, inteligente como era, passara, na primeira tentativa, no vestibular para o curso de Tecnologia da Informação na faculdade em Derry, no final do ano anterior, onde passara a morar.

Eu, naqueles dias, tinha dezessete anos e fora passar essa temporada na casa deles para ajudar a tomar conta da Carla, que vinha adoecendo com frequência e não podia ficar muito tempo sem cuidados. Por essas e outras, a situação na casa da família Johnson não andava fácil.

A tia Júlia, do alto de seus cinquenta e sete anos, após sofrer um violento e inesperado derrame, passara a viver acamada, num triste estado vegetativo. O tio Romeo, um ano mais velho que ela, começou a trabalhar dia e noite, em outra cidade, para conseguir arcar com as contas hospitalares que, segundo ele, eram altíssimas. Em muitas ocasiões ele permanecia fora de casa durante dias.

Portanto, naquela quarta-feira, estávamos em casa somente eu, a tia Júlia e a Carla.

Continuei caminhando pelo corredor com certo receio e passei pelo quarto da minha tia. Abri a porta devagar, apenas o suficiente para confirmar que ela continuava a dormir profundamente. Seus equipamentos, que emitiam o bip intervalado, estavam em funcionamento. Tudo tristemente normal por ali.

No andar de cima, havia três quartos. O da Amanda em um dos extremos do corredor, onde eu me instalara, o dos meus tios e o da Carla, que ficava no outro extremo do corredor, já próximo da escada. Todos possuíam decoração antiquada, piso de madeira e janelas com grandes armações de metal. Exceto o quarto da Carla cujas paredes foram todas revestidas com um papel infantil, repleto de desenhos de princesas e castelos.

Ao passar diante da porta do quarto dela, notei que estava entreaberta e pude ver a Carlinha sentada no chão, desenhando. Dei duas batidas de leve.

— Bom dia, mocinha — eu a cumprimentei, tentando parecer o mais tranquilo possível. — Posso entrar?

— Oi, Benny, entra! — Ela se virou e olhou para mim, sorrindo. — Estou desenhando!

A Carlinha adorava me chamar pelo diminutivo: Benny. Ela dizia que chamar "só" de Ben era muito chato.

Sentei no chão ao lado dela:

— O que você está desenhando, hein?

— Minha família e meus amigos. Nós moramos todos em um castelo! Olha! — A Carla estendeu a folha para mim: — Você está aqui também!

Reparei que na parte do desenho que me representava viam-se, fielmente representados, meus cabelos negros e bagunçados, meus grandes olhos azuis e até a roupa que usava naquele dia — calça de moletom cinza e camisa de manga comprida branca. Mas o que havia ao meu lado no desenho trouxe de volta o frio à minha espinha:

— Quem é este, Carlinha? — Indiquei o que parecia ser um imenso animal com vários chifres, asas negras e patas tortas ao meu lado.

A expressão da Carlinha mudou completamente e ela puxou o desenho da minha mão:

— Ele não gosta de você! — ela disse, de repente.

— Quem?

— Ele não gosta de você! Não gosta de você! Ele falou que você é igual a ele. Não gosta. Não gosta. Não...

De repente, da mesma forma que ela começou a falar, parou. E voltou a desenhar. Eu respirava meio fora de compasso, ainda tentando entender o que vinha acontecendo desde a noite anterior. Sem aviso, ela afirmou:

— Ele é a escuridão. E a escuridão está chegando.

— Como é, Carlinha?!

— A escuridão está chegando. Já levou a mamãe. — Minha priminha se virou para trás, olhando em direção à porta: — Oi, mãe.

Assustado, olhei para trás em tempo de ver que a tia Júlia passava pelo corredor. Mas isso era absolutamente impossível. Ela permanecia deitada na cama havia quase nove meses, praticamente desde que se mudaram para aquela casa.

Levantei-me de um salto e corri até a soleira, mas não havia ninguém. Desci as escadas ainda correndo, procurando desesperadamente algum sinal que provasse que eu não estava ficando louco. Quando enfim desisti de procurar, subi as escadas, com a mente em completa confusão. Fitei de relance um dos vitrais ao meu lado e, lá fora, um dia cada vez mais escuro começava a se formar. Dentro da casa, o ar era pesado. Que diabos estava acontecendo ali?!

Quando cheguei ao último degrau, vi a Carlinha parada em frente à porta do quarto da mãe, olhando fixamente para a maçaneta. Cuidadosamente, ela abriu a porta, mas o que quer que tenha visto a fez gritar muito alto e tombar para trás. Assim que se levantou, a Carla correu na minha direção e jogou-se nos meus braços:

— Muito medo! Muito medo, Benny, é muito assustador! — ela berrava, chorando. Mas, logo em seguida, parou e me encarou com os olhos vidrados. — A ESCURIDÃO ESTÁ CHEGANDO!

Atrás de mim, um bizarro barulho de cascos subindo as escadas começou a soar. Acima, a viga rangia assustadoramente.

E, assim, o medo também se apoderou do meu coração. Segurei a Carlinha no meu colo e corri o mais rápido que pude para o quarto.

III O MONSTRO NO CORREDOR

UM ANO ANTES...

ARQUIVO DO DEPARTAMENTO DE POLÍCIA DE SOUTH HAMPTON, NH

CASO N° 00016-A — DARRINGTON

TRANSCRIÇÃO TELEFÔNICA N° 254688/04
REF.: 182739
OPERADOR: BLAZINSKI, ANNA — BDG: #4582

QUARTA-FEIRA, 19 DE SETEMBRO DE 2003
INÍCIO: 10h35 PM

10:35:43: Departamento de Polícia de South Hampton, qual a sua emergência?
10:35:45: A escuridão está chegando...
10:35:51: O quê...?
10:35:53: Não há mais tempo. A escuridão está aqui.
10:35:57: Qual o seu nome, senhora?
--- ESTÁTICA ---
10:36:10: Senhora, qual é o seu nome? Estamos identificando o seu endereço.
10:36:25: (...) O mal está aqui.
--- ESTÁTICA ---
10:36:32: Estamos mandando uma viatura.
10:36:42: NÃO HÁ MAIS TEMPO! ELA ESTÁ MORTA! ELE ESTÁ MORTO! TODOS MORRERAM!
10:36:57: Senhora, a viatura já está a caminho. Mantenha a calma.
10:37:05: OS PRÓXIMOS SEREMOS NÓS! (...) Posso ouvir seus cascos se aproximando...
--- BARULHOS INCOMPREENSÍVEIS, SEGUIDOS POR GRITOS ---
10:37:20: (...) Senhora?
--- GRITOS DE "JÚLIA!" E PASSOS APRESSADOS. UMA VOZ MASCULINA ASSUME A LIGAÇÃO ---
10:38:01: ALÔ?
10:38:05: Senhor, aqui é do Departamento de Polícia de South Hampton. Qual é o seu nome? Temos uma viatura a caminho.
--- RISADAS FEMININAS CONSTANTES ---
10:38:26: Uma viatura já está...
--- FIM DA LIGAÇÃO ---

NÃO SEI EXATAMENTE QUANTAS HORAS EU E A CARLA ficamos trancados no quarto da Amanda. Foi muito difícil acalmá-la estando eu mesmo aterrorizado. Tentei cantar para ela até a viga parar de ranger, mas minha voz trêmula falhava a cada verso de *Brilha, brilha, estrelinha*. Quando a Carla, enfim, adormeceu nos meus braços, olhei de esguelha pela janela e vi que o tempo continuava fechando. Era difícil entender o que estava acontecendo naquele lugar e o torpor causado pelo medo anestesiava ainda mais a minha mente. Tentei recapitular o que o tio Romeo me dissera, de maneira relativamente vaga, sobre a casa e sobre o dia em que a tia Júlia sucumbiu e acabei entrando num devaneio de memórias.

Lembro que, quando se mudaram, em agosto do ano anterior, a vida aparentemente começara a melhorar. A ideia era ter um lugar tranquilo para criar a Carlinha, uma vez que a Amanda já ia para a faculdade e a tia Júlia precisava de espaço para terminar o livro. Eles conseguiram o contato de um senhor idoso, residente em Derry, dono de um ótimo casarão de três quartos em uma colina afastada de South Hampton.

Uma cidade relativamente pequena, South Hampton fica no condado de Rockingham, em New Hampshire, mais precisamente no leste dos Estados Unidos, na região conhecida como Nova Inglaterra. Nessa época eu também morava em New Hampshire, mas na cidade de Rochester, no Orfanato Saint Charles. Fui para a cidade de Manchester procurar emprego somente quando completei dezessete anos, a fim de conquistar alguma independência financeira.

Não cheguei a conhecer meus pais, e sei pouco sobre eles; o que nunca me incomodou muito, para falar a verdade. Eu gostava do orfanato, meu lar desde que me entendo por gente. Não sei como cheguei ali e não tive interesse em saber até que, ainda na infância, tive o primeiro contato com o tio Romeo, quando ele apareceu no Saint Charles e contou que era da minha família, irmão do meu falecido pai. Naquele ponto eu já estava mais do que acostumado a viver sozinho, então nunca pensei em morar com eles.

Mas foi muito bom ter uma família para chamar de minha. Nessa época eles viviam em Portsmouth, num bom apartamento de dois quartos, e eu os visitava com frequência aos finais de semana. Ao conhecer a Amanda, me encantei de imediato com a genialidade dela. Ela sempre teve muita facilidade com computadores e aparelhos eletrônicos, isso me fascinava. A tia Júlia me tratava como a um filho, e apesar do tio Romeo conversar pouco comigo, sempre se mostrou disposto a me ajudar e me levava para caçar sempre que surgia a oportunidade. Foram tempos bons aqueles.

E então a Carlinha nasceu, o que foi uma grande surpresa para todos, dada a avançada idade dos meus tios. O apartamento ficou pequeno com o passar dos anos. E a mudança se tornou inevitável, com a insistência frequente do tio Romeo. Procurando paz, então, eles fecharam a compra do imóvel por um preço bem interessante. O tio Romeo tinha pressa de comprar a residência, então todo o trâmite foi bem rápido. Perguntado sobre a história daquela propriedade, no entanto, o tio Romeo nada mencionava, alegando não saber.

Os primeiros dias no "castelo da montanha", como a Carla chamava a nova casa, foram de alegria. A tia Júlia escrevia seu livro num ritmo veloz e a Carlinha se apaixonara pelo seu novo quarto. Lembro-me de visitá-los no início, um pouco antes de tia Júlia passar mal, e os dias parecerem maravilhosos.

Pouco depois, tudo mudou. Meus tios passaram a brigar constantemente e a tia Júlia ficava cada vez mais isolada no porão. Parou de escrever e apresentava um comportamento estranhamente agressivo. Sempre que eu perguntava sobre o que acontecia na casa, o tio Romeo hesitava e desconversava. Então a tia Júlia teve o derrame e tudo para eles piorou de vez. A Amanda queria voltar da faculdade, mas o tio Romeo insistia para que ela continuasse para não se prejudicar. Como ele havia arrumado um segundo emprego em Portsmouth, poderia pagar as contas. Porém, passou a insinuar que eu seria de grande ajuda e que eu poderia ir para lá nas férias, se assim o quisesse.

Foi quando me despedi de todos no Saint Charles e peguei uma licença no *pub,* The Shaskeen, onde trabalhava em Manchester. Pensava em ajudar meus tios tomando conta da Carlinha por um mês, para que o tio Romeo pudesse, enfim, trabalhar sem se preocupar. E assim, fui para South Hampton esperando tranquilos dias de descanso. Eu não poderia estar mais enganado.

Ainda imerso em lembranças, imaginei que horas seriam. Ao olhar para o relógio antigo na mesinha de cabeceira, me surpreendi. Já passava de duas da tarde. Com cuidado, deixei a Carlinha na cama, cochilando, e saí do quarto. Novamente aquele corredor. O que antes me era indiferente, agora, me transmitia uma péssima sensação. Até respirar era difícil. Lá fora, uma tempestade se aproximava. O vento entrava produzindo uivos cada vez mais fortes pelas frestas das janelas.

Decidi que era hora de ligar para o tio Romeo. Por mais que tudo aquilo parecesse extremamente louco e eu me negasse a acreditar, alguma coisa estava acontecendo. Desci até a sala e disquei o número do trabalho dele no telefone velho e encardido que ficava na parede.

— Romeo Johnson falando — respondeu a voz grave do outro lado da linha alguns minutos depois.

— Oi, tio Romeo, é o Ben.

— Ben... Benny? — ele estranhou. — Olá, filho, aconteceu alguma coisa?

Respirei fundo antes de continuar:

— É complicado de explicar, tio... Existe algo sobre a casa que você esqueceu de me contar?

Dessa vez, ele que ficou em silêncio. Então, eu continuei:

— Não sei se sou eu que estou ficando louco, mas indo direto ao ponto, vou dizer como estou me sentindo: preso em um pesadelo desde a madrugada.

— O que houve, Ben? — ele tornou a perguntar, desta vez com a voz séria.

Tentei explicar da melhor forma que pude. Obviamente, na época, dei bem mais detalhes e ele me escutou sem dizer uma palavra.

— ... e agora a Carlinha está cochilando. Estamos sem comer desde cedo, mas eu não estou com fome e...

— Você disse que a sua tia se levantou da cama?

— Foi o que eu vi, mas sei que é...

O tio Romeo me interrompeu:

— Ben, tranque a porta do meu quarto. Agora. A chave está na gaveta ao lado da minha cama. Já estou indo pra casa. Estou p-perto — ele balbuciou no final.

— Trancar a porta do seu quarto, tio? — Confuso, eu atropelava as palavras.

— Mais uma coisa, Ben — ele disse, meio ofegante, aparentemente correndo. — Por nada... *por nada* neste mundo, deixe sua prima sozinha até eu chegar. E não vá até o porão.

A ligação começou a ficar ruim:

— Tio, o que está havendo? — perguntei em voz alta, em meio à estática.

Pude distinguir apenas algumas palavras antes de a ligação ser cortada: "Não leia...", "Esconda...", "Estou a caminho...".

Meu coração começou a bater muito acelerado. Larguei o telefone de qualquer jeito no gancho e saí em disparada para a cozinha.

Sem pensar muito no porquê, apanhei a primeira faca que encontrei no balcão. Ouvi passos no corredor acima de mim e fui até a escada.

Subi os degraus com todo o cuidado, com a faca em punho, e encontrei a Carla parada no meio do corredor. Ela ainda estava com a camisola, imóvel, olhando para baixo. Uma cena que me arrepiou da cabeça aos pés:

— O que houve, Carlinha? — perguntei, baixando a faca.

Sem nenhuma expressão, ela ergueu o rosto, apontou para a porta do seu quarto e disse, com uma entonação estranhamente fria:

— A escuridão está dentro do meu armário, Ben.

— Não há nada no seu armário, Carlinha... — falei, sem muita convicção. O medo já tinha me consumido e vencido qualquer razão que ainda restasse em mim.

Ela continuava apontando a direção. Caminhei até o quarto e avistei o armário. Bem devagar, fui até ele, desejando, do fundo do coração, não encontrar nada. Mas quando abri a porta antiga do guarda-roupa, o que vi gelou a minha nuca e tirou todo o meu fôlego: a Carlinha estava dentro dele, encolhida e chorando. Quando me viu, ela falou:

— Benny... tem um monstro no corredor.

Não tive tempo para me recuperar do choque, nem para me preocupar com a grande sombra que surgira em cima do armário. Decidi que iria trancar a porta do quarto dos meus tios e sair da casa com a Carla o mais rápido possível. Assim, coloquei a Carlinha na cama e, tropeçando, retornei ao corredor, tentando ignorar a outra "criança" parada ali. Do lado de fora, a chuva já havia começado. Apertei o cabo da faca com força e entrei no aposento dos meus tios.

A tia Júlia dormia profundamente, mas a visão dessa vez pareceu bizarra e me deixou muito apreensivo. Fui, vacilante, até a mesa de cabeceira ao lado da cama e abri a primeira gaveta.

Quando peguei a chave, a tia Júlia agarrou o meu pulso.

IV MÃO MORTA

TRECHO EXTRAÍDO DO JORNAL *THE NEW HAMPTON UNION*.

South Hampton, New Hampshire.
Segunda-feira, 25 de junho de 1990.

TRAGÉDIA EM DARRINGTON

por Helen Mirtes.

A pacata cidade de South Hampton, New Hampshire, tem se visto no olho de um furacão após a grande repercussão das mortes de Brad (34) e Linda Bowel (31), em sua casa, na Colina de Darrington.

Autoridades afirmam ter encontrado Linda enforcada, pendurada por uma corda, presa a uma viga no teto próxima à escada da casa. Brad foi achado no chão, próximo ao corpo de Linda, com uma marca de tiro na têmpora direita. A polícia trabalha com a hipótese de assassinato seguido de suicídio.

Amigos e familiares, ainda muito abalados, prestaram depoimento na esperança de esclarecer o ocorrido. No entanto, muitos afirmam ter perdido contato com as vítimas meses antes.

"Brad e Linda eram muito apaixonados, a casa no condado de Rockingham foi a realização de um sonho", afirma Robert Wilson, primo de Linda. "Algum tempo depois de se mudarem, sem nenhum motivo, não tivemos mais notícias deles, e sempre que telefonávamos ambos pareciam nervosos e com pressa de desligar. Linda estava grávida, pelo que sabemos, mas nunca descobrimos se ela teve algum filho de fato. É tudo muito triste e inacreditável."

Charles Williams, dono da loja de armas Williams' Fine Gun Shop, no centro comercial de South Hampton, afirmou à polícia ter vendido a Brad uma arma como a usada no crime, apesar da arma do crime nunca ter sido encontrada: "Sim, eu tenho o registro da arma e da munição compradas por Brad. Ele entrou na loja apressado, com uma aparência debilitada, como se estivesse cansado e abatido. Achei estranho, mas Brad puxou conversa normalmente e ainda fez algum comentário bem-humorado. Pediu uma Smith & Wesson calibre .38 e pagou em dinheiro vivo", conta Charles. "Brad assinava os papéis quando lhe perguntei se estava tudo realmente bem, e pouco antes de sair da loja ele respondeu, com um sorriso, algo como: 'A escuridão está chegando. Eu posso ouvir seus cascos'."

O departamento de polícia de South Hampton ainda junta as peças para entender o motivo do horrendo crime. A casa na Colina de Darrington, que foi posta à venda, passou a ser muito visitada por curiosos e evitada por compradores.

A SENSAÇÃO ERA DE ESTAR EM UMA QUEDA QUE NÃO TINHA fim. Luzes e imagens disformes passavam velozes por mim e eu não fazia a menor ideia do que estava acontecendo. Ainda assim, conseguia sentir a mão da tia Júlia agarrada firmemente no meu pulso.

Quando a queda pareceu terminar, me vi em um quarto que lembrava vagamente aquele em que eu estivera momentos antes. No entanto, nada era igual. Era muito mais escuro e, no lugar da cama hospitalar e dos equipamentos que mantinham a tia Júlia viva, existia uma cama enferrujada caindo aos pedaços, vários lençóis rasgados e sujos de sangue e velas negras por todos os lados. Eu respirava alto, estava confuso e amedrontado.

— Carlinha! — foi a primeira frase que me lembro de ter gritado. — Carlinha, cadê você?!

Olhei em volta, tentando me situar no ambiente. Fui até a porta, sentindo a cada passo o chão escorregadio. Ao baixar o olhar, quase vomitei. O assoalho estava coberto de sangue e havia montes do que parecia ser carne estragada. Prendi a respiração por segundos e continuei andando. Podia sentir o cheiro podre que dominava o ar. Passei as mãos nos meus braços para me aquecer e me encolhi perto da porta. Estava estranhamente frio. Tateei à procura da maçaneta e a girei devagar.

Ao sair para o corredor, avistei mais velas negras em pontos distintos pelo chão. E muito sangue. Meu estômago se contorcia de forma cada vez mais violenta. Como estava muito escuro, peguei uma das velas para tentar iluminar o meu caminho.

— Carla?! — tornei a gritar, mas, desta vez, com a voz falhada, pelo frio e pelo medo.

Assustei-me então com o som de passos e sussurros no andar de baixo. Ao prestar mais atenção, percebi que pareciam os lamentos e as súplicas desesperados de várias vozes diferentes, como se dezenas de pessoas em sofrimento estivessem presas à casa. Continuei adiante, em direção a escada e, quando a vela iluminou mais à frente, caí de joelhos no chão, horrorizado com o que vi.

Na viga acima da escada estava aquela mulher, pendurada pelo pescoço, tentando em vão sugar o ar, sufocando, com os olhos já arregalados. Ela se balançava debilmente para os lados, com ambas as mãos presas às costas. Abaixo dela, o homem com a camisa xadrez vermelha do meu pesadelo. Ele também se lamentava e segurava um revólver em uma das mãos. O homem colocava a mão livre no lado direito da cabeça, retirava-a banhada em sangue e a mostrava para mim, num choro incontido. Eu não conseguia entender o que ele dizia, mas parecia estar suplicando pelo meu perdão. Os sussurros de lamento aumentaram, e logo uns se sobrepuseram aos outros, tornando-se ensurdecedores. Achei que não aguentaria por muito mais tempo.

Larguei a vela no chão, coloquei as mãos na cabeça e senti os joelhos fraquejarem. Chorei, em desespero, me sentindo só e apavorado. O que quer que fosse aquele lugar, ele implantara no meu coração uma crescente sensação de horror.

De repente, senti alguém tocar de leve o meu ombro:

— Levante-se, Benny... — pediu uma voz suave, que identifiquei quase de imediato.

Ao olhar para trás, ainda chorando, eu me deparei com tia Júlia me encarando, sua imagem estranhamente iluminada:

— Ben, você tem de voltar. Você precisa entender...

Tentei falar, mas não consegui.

— Eu não tenho mais forças, Ben, já estou fraca demais...

Comecei a sentir meu corpo desfalecer. Minha visão foi ficando cada vez mais turva e o ar começou a faltar. No entanto, pude ver com clareza as diversas figuras escuras surgindo das sombras e arrastando a tia Júlia para longe de mim. Dezenas de braços negros, machucados e de carne putrefata, brotavam do chão e seguravam as pernas dela. Algumas formas tinham o que pareciam ser cabeças deformadas e bocas escancaradas e me olhavam enquanto a puxavam pelos braços. Faziam um barulho horroroso de respiração cortante, como quem busca o ar, mas não o encontra.

— Tia... — tentei falar, e minha voz falhou. Eu também estava bastante fraco.

— Leia, Ben... — ela disse, ao ser arrastada para o escuro. — Eu escrevi... está escondido... no porão...

Sem suportar mais, sem conseguir escapar daquelas visões, me deitei no piso o mais encolhido que pude. Senti o vômito chegando quente na minha garganta. Aquele cheiro podre era forte demais, e eu pude ouvir, de novo, o nítido som de cascos, que pisoteavam o assoalho pesadamente, cada vez mais próximo de mim. Eu fechava os olhos com força, mas não adiantava. Minha visão ficou ainda mais embaçada.

— Não deixe a escuridão te levar... — disse a tia Júlia, de algum lugar muito distante. — Eu vou ficar bem.

Foi quando senti uma força descomunal me puxando para cima, num turbilhão de ventos e luzes. Quando abri os olhos, ainda com certa dificuldade, vi-me novamente ao lado da cama da tia Júlia.

Recostei-me na cama, muito tonto e enjoado. Fiquei sentado durante alguns instantes, tentando me recompor, até que notei, com um susto e muita tristeza, que os equipamentos da tia Júlia não emitiam mais os bipes rítmicos, e sim um único, prolongado, contínuo e triste bip. Ela havia morrido.

As lágrimas escaparam dos meus olhos. Cerrei as pálpebras segurando as mãos dela, para um adeus solitário. Cambaleando, peguei a chave e fui até a porta. Com uma última olhada para a cama, atravessei a soleira, girei a chave na fechadura e, mais uma vez, meus joelhos falharam. Agachado, vomitei até quase desmaiar.

— Benny... — a Carlinha chamou, atrás de mim.

Limpei a boca com a barra da camisa antes de me virar e constatei que a Carla estava chorando. Fui até ela e a abracei apertado. Aquele pesadelo parecia não ter fim e eu precisava proteger a Carlinha com todas as minhas forças:

— Carla, onde fica o porão da casa?

Ela me olhou, mas não respondeu.

— O porão, Carlinha. Preciso muito saber onde fica o porão.

— A mamãe disse para eu nunca entrar lá. Ela brigou comigo...

— O que ela falou?

— A mamãe estava escrevendo lá antes de... antes de... — a minha prima gaguejou, ainda chorosa. — Antes de ficar doente. E um dia, eu quis ir visitar lá embaixo e ela brigou comigo. A mamãe disse que era lá que a escuridão morava... Aí eu falei que a escuridão morava no meu quarto, que ela não precisava se preocupar! Mas então ela gritou muito comigo e se trancou de novo.

Aquelas palavras entraram direto no meu coração quando relembrei as cenas de minutos atrás. Ajoelhei-me e a olhei dentro dos olhos:

— Vai ficar tudo bem, Carlinha, confie em mim. — Ajeitei os cabelos dela atrás da orelha. — Mas o primo precisa ver o que tem no porão.

— Você não tem medo deles? — A Carlinha me olhou com curiosidade.

— Medo de quem?

— Dos homens que fizeram aquelas coisas lá embaixo, muito tempo atrás... O meu amigo me mostrou. Mostrou para a mamãe também.

Absorvi as palavras da Carlinha tentando não transparecer o assombro que sentia. Sorri com fingida tranquilidade ao afirmar:

— Vou tomar cuidado.

Aparentemente mais calma, a Carlinha enfim me contou onde ficava o porão. Por ser uma casa bem antiga, a entrada estava camuflada na parede embaixo da escada.

Lá fora, a chuva não dava trégua e a tarde já virava noite. Ainda nenhum sinal do tio Romeo. A tia Júlia morrera. A Amanda estava a quilômetros de distância. Éramos só eu e a Carla.

E para protegê-la, pensei, encarando a entrada escura para o porão, de mãos dadas com minha priminha, eu iria até o inferno se fosse necessário.

De novo.

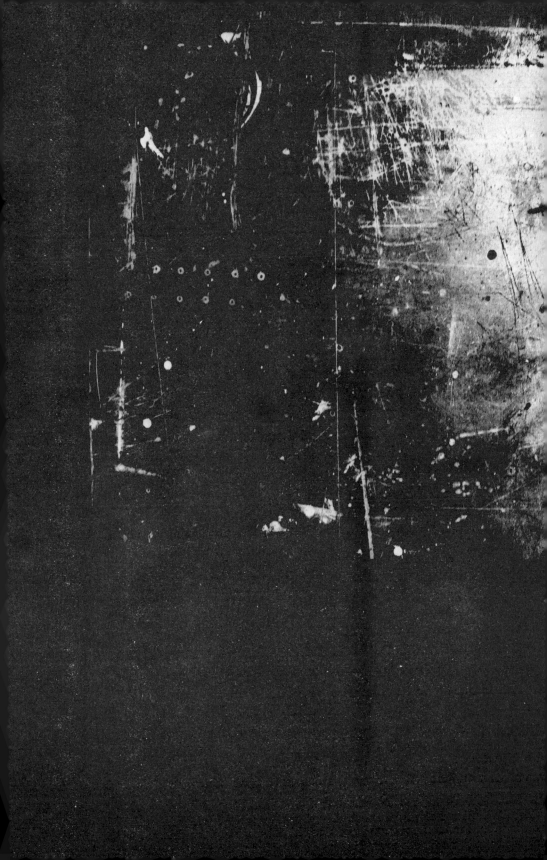

V PORÃO

ARQUIVO DO DEPARTAMENTO DE POLÍCIA DE SOUTH HAMPTON, NH

CASO N° 00016-A – DARRINGTON

REPRODUÇÃO DO PRONTUÁRIO MÉDICO DO SUSPEITO "B. F. S."
HOSPITAL GERAL DE SOUTH HAMPTON – EMERGÊNCIA

PRONTUÁRIO N°: 000000782568-9
DATA: 24 DE JUNHO DE 2004
HORA: 05h50 AM

RELATÓRIO PRELIMINAR

PACIENTE: N/I
IDADE: +/– 18 anos
PELE: branca
OLHOS: azuis
CABELOS: negros
PESO: 73 kg
ALTURA: 1,82 m
TIPO SANG.: AB+
PRESSÃO: 8/04
GLIC.: 76

O paciente foi trazido à emergência por agentes da polícia.
Preso em flagrante. Encontrado na cena do crime coberto de sangue;

- Pressão arterial baixíssima (administração emergencial de EFORTIL 10 mg/ml);
- Sem ferimentos graves aparentes, mas com diversas escoriações pelo corpo e uma fratura no tornozelo direito;
- Desidratado, desnutrido e fora de si, com fala confusa e repetitiva;
- Aparentava estar sob efeito de entorpecentes, no entanto os exames toxicológicos nada acusaram;
- Comportamento conturbado e agressivo;

- Após administração de DIAZEPAM 10 mg/2 ml, transferência URGENTE para o Hospital de Isolamento e Sanatório do Condado de Borough. Ordens do Senhor Kingsman.

ATENÇÃO!

Os policiais recomendaram extrema cautela com o paciente. Ele está sob custódia.

ESTAVA TÃO FORTE A CHUVA LÁ FORA QUE AS JANELAS DA sala pareciam lutar constantemente para resistir à pressão da água que fustigava os vidros.

Eu havia perdido a noção de tempo, das horas. Minha cabeça rodava. Na verdade, sabia de muito pouca coisa naquele momento.

Sabia que a tia Júlia estava morta; isso era um fato. E que algo muito bizarro estava acontecendo, como se eu estivesse preso numa realidade paralela perturbadora. Mas tinha consciência de que a nossa segurança, minha e da Carlinha, dependia exclusivamente de mim.

Quando abri a porta do porão, fui surpreendido por um forte cheiro de mofo e um vento muito gelado. A Carlinha se encolheu e apertou a minha mão com força quando os cabelos dela esvoaçaram. Estreitei os olhos, tentando apurar a visão, mas isso não surtiu nenhum efeito. O escuro era tanto que eu não conseguia enxergar mais do que dois degraus à frente. Tentei identificar algum interruptor perto da saída, na esperança de iluminar a longa escada que descia para o nada. Porém, ao apertar o botão descascado, nenhuma luz se acendeu.

Fui até a cozinha para procurar nos armários algo que pudesse iluminar o caminho: lampião, lanterna, fósforos — o que fosse. Encontrei um estranho pacote de velas negras, que me pareceram, de forma nauseante, muito familiares. Acendi uma delas no fogão e, com a sua cera, colei-a em um pratinho. Essa seria minha fonte de iluminação para descer as escadas. Teria de servir.

Retornei à escada, ainda de mãos dadas com a Carlinha, mas, quando desci o primeiro degrau, ela apertou meus dedos e estacou:

— Você não quer descer até lá, Ben — disse a Carlinha com uma voz que definitivamente não era a dela.

— Quem...? — comecei a falar, e então me virei com o coração acelerando.

Quando prestei atenção às feições da Carla, seu rosto de menina, outrora lindo, estava se deformando e adquirindo um ar de magreza assustadora. E, de alguma forma, uma aparência animalesca.

— A escuridão a deseja, Ben — ela afirmou, com uma entonação que modulava do grave para o agudo a cada palavra. — Não há nada que você possa fazer.

Senti minhas mãos queimarem e larguei a mãozinha da Carla:

— Essa criança é minha! — ela gritou e escancarou a boca de forma sobrenatural, enquanto seus olhos se transformavam em duas grandes esferas negras.

E então senti um impacto violento no peito, quando a Carlinha me empurrou com força descomunal escada abaixo. Não lembro da queda — devo ter batido a cabeça no primeiro degrau —, mas tive muita sorte de não quebrar o pescoço.

Acordei instantes depois num chão frio, com uma gota d'água que pingava ritmicamente na minha testa. Abri os olhos, mas quase não pude enxergar. Minha cabeça latejava e todo o meu corpo doía. Demorei alguns instantes para lembrar o que havia acontecido, mas, quando revi a imagem do rosto demoníaco da Carla na minha mente, me ergui de uma vez. Eu tinha que encontrá-la.

Ainda desorientado, tentei me localizar naquele porão úmido e fedorento. Minha visão foi se acostumando aos poucos com a escuridão e logo pude detectar um pequeno lampião sobre uma mesa velha repleta de papéis. Havia muitos fósforos apagados ao lado, o que significava que alguém passara bastante tempo ali. Sem dificuldade, encontrei uma caixa e acendi o lampião, determinado a procurar a saída. Então, uma das folhas, agora fracamente iluminada pelo fogo, chamou minha atenção. Tinha a fina e rebuscada caligrafia da tia Júlia.

Eram os manuscritos do livro em que ela estava trabalhando, um romance ainda sem título. O que estranhei foi como a escrita alterava de uma forma suave para imensos garranchos. A tia Júlia sempre teve o hábito de escrever à mão, contrariando todos os protestos da Amanda, que sempre fora aficionada por tecnologia.

"Não leia...", veio ao meu encontro o aviso do tio Romeo ao telefone, em meio à estática, quando liguei mais cedo.

"Você precisa ler, Ben..." Agora era a tia Júlia, e recordei todo o medo que vivi naquele lugar horrível.

Por instinto, decidi ler, e então fui desbravando os manuscritos de minha tia, apinhados de rasuras escritas por cima das linhas do livro. Muitas frases pareciam desconexas, mal-escritas e bastante complicadas de entender:

"... e Beatrice mal podia acreditar na sorte de ter encontrado Brandon na entrada **MAL MAL MAL ELES QUEREM LEVAR A CARLA. ESCURIDÃO. A CASA É A ENTRADA. O MAL DO**

INFERNO. SANGUE FRIO. DESESPERO. A CASA É A ENTRADA. ELES QUEREM A CARLA.

CRIANÇA RITUAL. Brandon não sabia se ria, mas pegou gentilmente na mão dela enquanto se preparava para…"

"… olha, Douglas, entenda que Beatrice ainda não se decidiu, mas ela**MORTE. TERROR. SANGUE. RITUAL. POSSO VER O INFERNO. TERRÍVEL. DESESPERO. TRISTEZA. SANGUE. QUEREM ME LEVAR. LEVAR A CARLA. NÃO POSSO DEIXAR. AJUDAR.**

PRECISA AJUDAR. MAL ESTÁ AQUI. ESCURIDÃO ESTÁ AQUI.ao ver a cara de surpresa de Douglas…"

Eram muitas passagens carregadas de desespero. Conforme eu lia, uma sensação de urgência crescia dentro de mim. Notei que a caligrafia voltava ao normal no rodapé de uma das folhas e o que eu li caiu como uma bomba no meu coração:

Já não aguento mais… Não vou mais resistir… Não suporto mais essas visões. Ele está envolvido e quer usar a Carla… Eu preciso ajudar, de alguma forma… A Amanda já está morta, meu Deus, minha filha… Morta! Agora ele quer a Carla, ele precisa dela… A entrada para o inferno não pode ser aberta… A escuridão está chegando e vai levar todos que pisarem neste inferno… Vou ligar para a polícia… Já estou fora de mim… Não sei mais quanto tempo tenho… Polícia… Ritual…

Ajude!

Júlia, 19 de setembro de 2003

Nesse ponto eu já não lia mais nada. Todas as imagens apareciam na minha frente e desmoronavam tudo o que eu conhecia como vida real até aquele momento. Foi quando me perguntei como eu não tinha sentido o brutal impacto daquela revelação. Amanda... morta? Ela estava na faculdade, isso não fazia sentido algum. E quem queria levar a Carla? Entrada para o inferno? Quem estava envolvido? Quanto mais eu me aprofundava naquele pesadelo, naquelas perguntas, mais as coisas pareciam surreais.

A quantidade de dúvidas me deixou tão sufocado que quase perdi a consciência. Pude ouvir, no entanto, a freada violenta de um carro no lado de fora da casa, a porta da frente sendo aberta com violência e a voz grave do tio Romeo chamando o meu nome.

Quando comecei a correr em direção à escada, escutei a Carlinha gritando no andar de cima. De repente, várias mãos bizarras começaram a brotar do solo e eu senti como se estivesse à beira de um penhasco quando uma delas agarrou o meu pé. Chutei com violência para me desvencilhar das demais e o frio na barriga aumentou. Eu me sentia prestes a cair.

Quase sem forças, olhei para a frente e vi a imagem da tia Júlia estendendo a mão para mim.

— É o Romeo, Ben. Salve a Carla...

Tentei agarrar os dedos da tia Júlia, mas a imagem desapareceu como fumaça e no lugar da mão dela encontrei o corrimão da escada. Apoiado na barra, comecei a içar o meu corpo com a pouca energia que me restava. O cheiro podre já dominava todo o ar, mas eu avistava a porta de saída logo à frente, entreaberta.

Arrastando-me degrau por degrau, lutando contra as dezenas de mãos em carne viva que me puxavam, alcancei a maçaneta e me joguei com um impulso para fora do porão.

Então um soco atingiu o meu rosto em cheio. Foi nesse instante que tudo começou a fazer sentido.

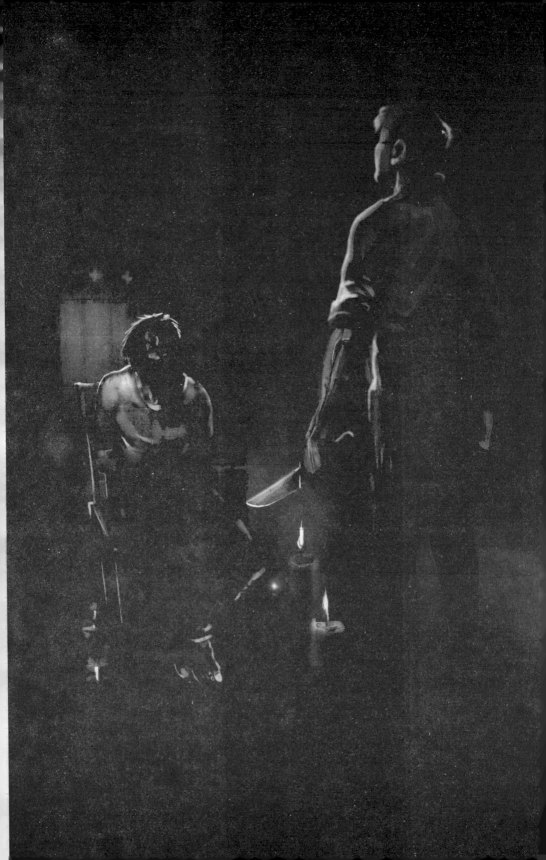

VI PELA CULATRA

TRANSCRIÇÃO DO DOCUMENTÁRIO PROIBIDO: *THE TRUTH AT SOUTH HAMPTON* (A VERDADE EM SOUTH HAMPTON), APRESENTADO PELO DOUTOR HENRY PAUL BENZINGER, RENOMADO PERITO EM SIMBOLOGIA E DEMONOLOGIA PARA A NBC EM 2004, APÓS A GRANDE REPERCUSSÃO DO CASO CONHECIDO COMO "HORROR NA COLINA DE DARRINGTON":

TRANSCRIÇÃO DE ÁUDIO — COPYRIGHT NBC/2004 — REPRODUÇÃO NÃO AUTORIZADA.

STARTING TC 01.10, 25.24:

As explicações mais comuns para o desaparecimento de crianças são a fuga de casa devido a maus-tratos, exploração sexual, tráfico de órgãos, adoção ilegal… E muitos falam ainda sobre "quadrilhas especializadas" em rapto de crianças.

Essas explicações não fazem muito sentido. Tudo bem que muitas famílias são pobres, têm histórico de uso de drogas e maus-tratos, mas isso não justifica tanta criança assim desaparecer. A exploração sexual em si pode ser um forte motivo; o problema é que em menos de 10% dos casos as crianças são encontradas. Para onde elas vão? Se são mortas, onde os corpos são deixados? Em relação às quadrilhas especializadas, são milhares de relatos de crianças que somem misteriosamente e, pelas características do desaparecimento, as evidências sugerem um raptor especializado nisso, alguém inteligente e possivelmente ajudado por outras pessoas. Mas para que eles iriam querer raptar tantas crianças? São questões que não tiveram resposta definitiva... Até agora!

Veja a conhecida história da policial Kiya Miles, por exemplo. Ela trabalhou por muitos anos com casos de abdução relacionados aos illuminati. [...] Sim, ela confirma a existência desse grupo secreto que trabalha nos mais altos cargos da sociedade, sobretudo no governo e nas grandes empresas.

No ano 2000, Kiya foi alvo do governo norte-americano e assim foi forçada a se afastar de seu cargo. Ela, então, decidiu trabalhar por conta própria e passou a investigar intensamente os illuminati.

[...] Em seu artigo *Characteristics of an Illuminati Abduction* (Características de uma abdução illuminati), ela descreve:

"A criança a ser sequestrada ficará sob vigilância até meses antes de o rapto real ocorrer. É raro alguém na família perceber isso; e, se o percebe, atribui pouco ou nenhum significado, na ocasião. Os illuminati são loucos por vigilância — são literalmente obcecados. Eles vão saber tudo sobre o seu filho, incluindo um apelido que ele tenha. Eles saberão qual o caminho que seu filho faz para a escola e qual o meio de transporte. Vão conhecer a agenda do seu filho, bem como todos os horários da sua família."

Na grande maioria desses raptos, a criança estará sozinha no momento em que for raptada. Ela desaparecerá em questão de minutos, dando a impressão de ter "evaporado sem deixar vestígios". Esses são sequestradores profissionais que sabem o que estão fazendo, pois agem assim há décadas!

Há ainda diversos relatos de casos em que a criança é selecionada pelos próprios membros da família, em que um deles é illuminati e está obcecado com seu objetivo.

Muitas vezes, a criança será drogada para ser subjugada imediatamente. Os illuminati parecem preferir duas drogas para isso — o clorofórmio ou o GHB.

Estudos e investigações indicam que a criança será sequestrada pouco antes ou exatamente em um feriado satânico, como o equinócio de primavera, por exemplo, época em que os satanistas celebram um novo ano e refletem sobre o que desejam conquistar nesse novo ciclo. Isso é especialmente verdade para as crianças que são raptadas para rituais de sacrifício, a não ser que uma seja forçada a entrar no círculo pedófilo dos illuminati. E, em geral, a criança será sequestrada pouco antes de seu aniversário, pois essa data é considerada o feriado satânico mais importante.

[…] Podem haver rumores de atividade satânica na área geográfica do rapto. Em alguns casos, quando restos mortais forem encontrados, os sinais óbvios de rituais satânicos são ignorados. Embora o seu primeiro impulso possa ser descartar isso, eu recomendo que você não o faça. Os próprios policiais, às vezes, ajudam a encobrir esses crimes para que o dedo da suspeita nunca aponte para o governo illuminati e/ou a aplicação da lei.

De tempos em tempos, aqueles que "sabem demais" no que diz respeito à investigação do seu filho são imediatamente assassinados, para serem silenciados para sempre. E é raro uma criança ou seus restos mortais serem encontrados depois de raptada por esses profissionais.

[...] É um fato bem conhecido que muitas seitas realizam rituais secretos, muitos deles envolvendo a invocação de criaturas sobrenaturais. Posso afirmar, todas essas sociedades secretas são parte do grande grupo dos illuminati. [...]

O ritual de sacrifício é algo que acontece desde a antiguidade e todas as culturas que o realizam atestam que a morte da criatura sacrificada "alimenta", de certa forma, seres sobrenaturais, alguns denominados demônios, espíritos e até deuses. O objetivo, portanto, do sacrifício é invocar essas criaturas e dar-lhes o "alimento", para que, em troca, seus praticantes possam ser recompensados com favores, riquezas ou poderes inimagináveis [...]. END TC 01.50, 12.26.

EU BEM QUE TENTEI, MAS NÃO CONSEGUI RESISTIR POR muito tempo, dada a violência do golpe que transformou minha mente em uma hélice de liquidificador.

O tio Romeo me amarrou na cadeira sem muita dificuldade. O soco que levei na cabeça ainda latejava. Eu tinha a impressão de que tudo girava, mas a visão, aos poucos, foi normalizando. Em algum lugar da cozinha, uma agulha foi posicionada cuidadosamente sobre um vinil, com seu arranhar característico, e a música preferida do tio Romeo — *For What It's Worth*, de Buffalo Springfield — começou a tocar. Sua levada tranquila contrastava com a letra sinistra, fazendo o terror crescer dentro de mim e tornando aquele momento ainda mais desesperador.

— Que azar, Ben, que azar... — dizia o meu tio, enquanto apertava com força os nós que prendiam os meus calcanhares. — Eu não esperava mesmo que tudo fosse se desenrolar tão rápido assim, mas... O que fazer?

— CARLIN...! — eu tentei gritar, mas fui logo impedido pela mão forte do tio Romeo e senti uma lâmina bem gelada encostar em minha garganta.

— Opa! Não queremos gritar agora... Queremos? — O tio Romeo pressionou ainda mais a faca no meu pescoço, então eu não me atrevi a dizer mais nada. — Fique você sabendo, Ben, que a culpa disso tudo é da sua tia e da imensa predisposição que ela tinha de se meter onde não era chamada — a voz dele soava cheia de ódio. — Eu achava que teria mais facilidade tirando-a do caminho antes, mas, não sei como, Júlia quase arrumou um jeito de estragar tudo... Ligar para a polícia, faça-me o favor! Tive que inventar uma história absurda para os policiais me deixarem em paz, enquanto sua tia estrebuchava na ambulância.

O tio Romeo enfiou um pedaço de pano sujo na minha boca e a tapou com fita adesiva. A pressão do pano na minha goela causava ânsias de vômito.

— Eu já tinha tudo planejado, tudo... — o tio Romeo ia dizendo, mexendo em diversas bolsas em algum lugar atrás de mim. — A Amanda, inteligente como era, começou a desconfiar das minhas ações logo no início, com aquelas perguntinhas e ligações inesperadas, então precisei pedir para alguns... digamos... amigos darem um jeito. Ela era esperta, mas nós somos mais. Mesmo que a Amanda tenha descoberto alguma coisa, agora vai ser difícil compartilhar com alguém.

Eu não conseguia vê-lo, apenas ouvia barulhos de zíperes e outros sons que não pude identificar. O tio Romeo me prendera completamente na cadeira. O Neil Young e seus companheiros do Buffalo Springfield diziam na vitrola que era hora de parar e indagavam-se que som era aquele. Eu também não fazia ideia. Mas sentia dentro de mim, com o coração apertado pelo medo, que definitivamente não era boa coisa. E o Neil Young seguiu cantando:

A paranoia golpeia profundamente.
Em sua vida rastejará.
Isto começa quando você vive com medo.
Saia fora da linha, o homem vem e o levará.

Ele não poderia ter mais razão.

Naquele momento, eu só conseguia pensar na Carlinha e no que poderia ter acontecido a ela. Parecia inacreditável que tanta coisa houvesse ocorrido em tão pouco tempo. Era tão surreal que eu ainda tinha esperanças de acordar na minha cama e descobrir que tudo não passara de um terrível pesadelo. No entanto, ao ver o tio Romeo passando na minha frente e começando a acender diversas velas negras pela casa, cantarolando com o Buffalo Springfield, entendi que o pesadelo continuaria.

— A hora está se aproximando, Ben, já estou preparando tudo! Eles chegarão a qualquer momento agora... — O tio Romeo se mostrava cada vez mais ensandecido. — Esta casa tem segredos, por isso a escolhi! Você não estava louco quando me ligou... Não, senhor, estava apenas tendo um vislumbre daquilo de que esta casa é capaz! E hoje, mesmo com os contratempos que vocês tentaram impor, a entrada se abrirá e o inferno, enfim, mostrará sua verdadeira face.

Quanto mais ele falava, mais eu ficava enojado. Foi um choque muito grande vê-lo agindo daquela maneira, ouvindo o que dizia agora, mas as peças foram se encaixando.

O tio Romeo nunca revelou o motivo de o preço da casa ter sido tão baixo, nem o que acontecera ali; ele sempre desconversava. Eu me lembrei da insistência dele para que viesse passar um mês, alegando que a Carlinha gostava muito de mim e precisaria da minha companhia naquele momento, pois ele tinha de trabalhar. Pensando bem, creio que havia um prazo para mim...

Comecei a juntar as peças. Lembrei-me da ausência de contato com a Amanda, quando ela parou de responder aos meus e-mails e de como ele deixou bem claro o quanto insistiu para que ela continuasse na faculdade, quando na verdade minha prima já devia estar morta havia bastante tempo. É óbvio... A Amanda que eu conhecia nunca deixaria a mãe e a irmã naquela situação. Ela sempre fora muito carinhosa. E aquele tal emprego em Portsmouth devia ser uma fachada para o que quer que meu tio estivesse tramando.

A tia Júlia — que devia ter sido debilitada de forma criminosa, após praticamente enlouquecer com o que presenciara ali e com o que foi, aos poucos, desvendando —, mesmo morta não desistia de tentar salvar a única filha que lhe restava.

Tudo o que estava acontecendo, todas as visões, toda a maldade e a tristeza que eu senti naquele dia, tudo o que envolvia a Carla e as transformações dela... Tudo devia fazer parte do plano do tio Romeo e dos tais amigos dele. E eu não conseguia ver uma saída para aquela situação. Por isso, meu desespero foi aumentando.

— Você assistirá de camarote, Benny — disse o tio Romeo algum tempo depois, e arrastou minha cadeira até a sala.

Ao entrar, deparei-me com uma cena bizarra. O ambiente estava irreconhecível. Lá fora, a chuva torrencial deixava a noite ainda mais escura. Dentro da sala, velas negras iluminavam fantasmagoricamente um enorme símbolo que fora desenhado no assoalho. Formas geométricas estranhas e o que pareciam letras de algum alfabeto do Oriente Médio estavam circuladas em volta de um grande pentagrama invertido. No centro do desenho, uma cena lamentável: a Carlinha sentada, encolhida, chorando muito, rodeada pelo que pareciam ser baldes de um líquido vermelho. Talvez sangue, como imaginei com um arrepio. Ao escutar o barulho da minha cadeira sendo arrastada, ela ergueu a cabeça:

— Benny! — gritou.

O tio Romeo me largou e avançou para cima dela, desferindo um forte tapa em seu rosto, o que fez a menina se deslocar quase um metro para a direita.

Eu tentei gritar em protesto, mas fui completamente abafado pelo pano em minha boca. Sem me conter, comecei a me debater no assento e, mais uma vez, levei um forte soco, desta vez bem no meio do rosto. Senti o sangue escorrer quente pelo meu nariz.

— Vocês não entendem! — gritava o tio Romeo, apontando um enorme dedo para o meu rosto: — É muito maior do que qualquer coisa que você possa imaginar, Ben, não adianta resistir. Nenhum de vocês jamais entenderá tudo que envolve isto aqui e quanto poder será adquirido. Quantas pessoas certas serão beneficiadas! Finalmente terei algo de que me orgulhar, finalmente deixarei de ser um caipira e me tornarei um homem poderoso!

Eu nunca havia notado como a aparência dele podia ser ameaçadora. Seus cabelos loiros, outrora sempre penteados, estavam desgrenhados e molhados de suor. Seus olhos castanhos faiscavam. Ele exalava o mal.

Enquanto meu tio berrava frases sobre poder, governo e outras coisas que eu não conseguia distinguir, senti que o nó que prendia a minha cintura e os meus pulsos afrouxava. Ouvi barulhos de pneus freando na frente da casa e pude ver a luz de diversos faróis iluminando as janelas. Chegaram, pelo menos, quatro veículos.

Quando o tio Romeo correu para a porta da frente, eu consegui soltar as minhas mãos. Rapidamente desamarrei os nós que prendiam as minhas pernas e arranquei a bola de pano que preenchia minha boca. E, então, aconteceu.

O tio Romeo abriu a porta e diversas figuras vestidas de preto e encapuzadas começaram a entrar. Quando ele se virou e deu-se conta de que eu havia me soltado, correu na minha direção, mas fui mais rápido. Disparei até a lareira e peguei a primeira coisa que vi na minha frente, que foi um dos atiçadores de lenha, e acertei em cheio as suas costas. Meu tio se arqueou quando sentiu o impacto e parou onde estava, urrando de dor.

Fui até a Carla, peguei-a no colo e saí o mais rápido que pude pela sala, sem olhar para trás. Subi as escadas e fui até o quarto da Amanda no final do corredor. Tranquei a porta, coloquei a Carlinha na cama e comecei a empilhar móveis para tentar vedar qualquer acesso por aquela entrada. Então, surgiu o som estridente de uma agulha arranhando de maneira grosseira um disco de vinil e o Buffalo Springfield foi silenciado. Foi quando ouvi a conversa que se iniciou no andar de baixo:

— Você não tem controle do que acontece na sua própria casa, Romeo? — perguntou uma voz grave.

— Eu, eu... — meu tio tentou falar, sem fôlego.

— Você se julga ser de grande valia para o grupo, mas a sua displicência só nos trouxe caos e complicações. Por sua culpa, envolvemos mais pessoas que o necessário.

— Senhor, p-peço desculpas, mas...

— Agradecemos todo seu empenho — o homem tornou a falar —, mas a sua participação termina aqui.

— Não, por favor, eu... — o tio Romeo suplicou.

Um alto e seco estampido cortou o silêncio, seguido por um barulho doentio de algo tombando sem jeito no chão. Não precisei ver o que tinha acontecido para entender.

— Achem a criança! — ordenou, em seguida, a mesma pessoa.

Diversos pés começaram a caminhar lá embaixo e, aos poucos, pude ouvi-los subindo as escadas. Fui andando com a Carlinha para trás, conforme o som ficava mais próximo.

O primeiro impacto na porta estremeceu até o vidro gelado da janela encostado nas minhas costas.

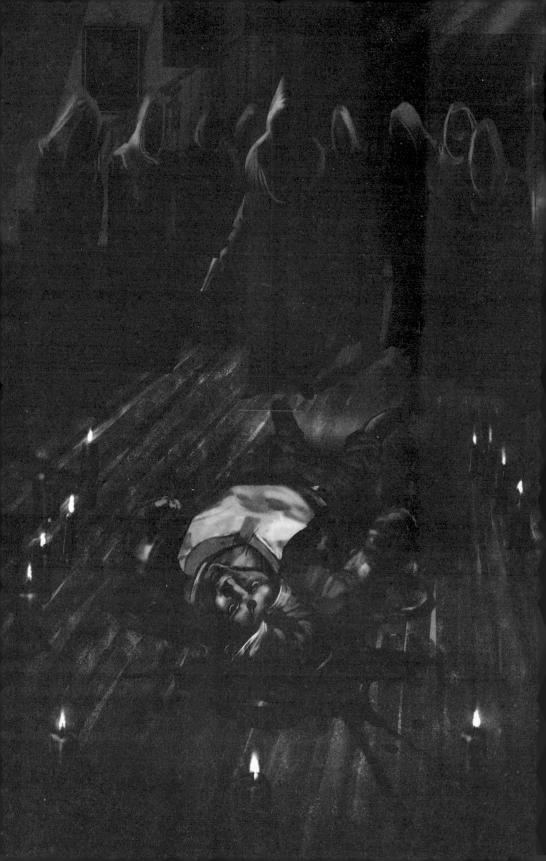

VII SALVAÇÃO

POEMA INTITULADO *DANÇA DA ESCURIDÃO*, ENCONTRADO NOS REGISTROS DE JÚLIA MARIE JOHNSON APÓS O INCIDENTE NA COLINA DE DARRINGTON EM JUNHO DE 2004:

DANÇA DA ESCURIDÃO

Na escuridão ela dança,
Doce, inocente criança.
Faz-se finda a esperança,
Doce, inocente criança.
Por que não vem até aqui,
Doce, inocente criança,
E nos ensina essa dança,
Doce, inocente criança?

Porque a escuridão já está chegando
E sem demora estará aqui.
Mas o menino bom não quer saber,
O menino bom não quer ouvir.

Então ela chega,
E já chega muito incomodada.
O menino bom fez coisa feia.
Menino bom, você fez coisa errada.

Mas a escuridão é inteligente,
E dessa dança ela não larga.
Lá vai a doce, inocente criança,
Pelo menino bom a ser cortejada.

A escuridão se diz amiga
E sua morada é a madrugada.
Mas do menino bom ela não é amiga.
Do menino bom ela não quer nada.

Doce, inocente criança,
Pegue a mão do menino bom
E saia já da madrugada.
Não dance a dança da escuridão.

Pois o dia se mostra curto,
Já não há mais tempo para discussão.
Perdeu a dança, bom menino.
Venceu a amiga, a escuridão.

E O IMPACTO SE REPETIU MAIS DUAS VEZES. A CADA BATIDA feroz eu ouvia o barulho seco e assustador da madeira da porta cedendo.

E então, sem aviso, as pancadas cessaram. O silêncio reinou absoluto e as únicas batidas que voltei a ouvir foram as do meu coração, acelerado e apavorado.

Engoli em seco e olhei para a Carlinha, que me abraçava forte, com o rosto colado na minha coxa. Eu definitivamente não sabia o que fazer. Pela janela via a chuva lá fora — se é que era possível, estava ainda mais forte. A noite se mostrava tão escura que meu reflexo ficou nítido na janela e me encarou com um olhar desolado. O meu olhar desolado... Só que ainda havia mais a ver na janela além do meu reflexo amedrontado. Vultos passavam atrás de mim. Parecia haver muitas pessoas dentro daquele quarto com a gente. O clima se tornou pesado. De repente, todos os vultos pararam de se mover e olharam na minha direção. Mas não eram rostos de pessoas.

    Virei-me para trás com um susto e não encontrei nada. Quando não senti mais o abraço envolvendo a minha cintura, baixei o rosto e tampouco encontrei a Carlinha. Um arrepio percorreu minha espinha e o desespero ganhou força. No momento em que esbocei o primeiro passo à frente, um braço em carne viva brotou do chão e a sua mão coberta de sangue agarrou minha perna com violência. Tentei lutar, mas vários outros braços me agarraram, com a mesma violência que senti ao me arrastar pelas escadas do porão, e onde eles me tocavam eu sentia queimar de uma maneira surreal. Sem forças e em pânico, fui desfalecendo e de novo despenquei rumo ao nada. Tudo se tornou escuridão.

Ao erguer as pálpebras, fui rememorando o que tinha se passado; então pude ver, com certa dificuldade, uma lâmpada apagada pendendo no teto. Eu me levantei com uma forte dor de cabeça e só então pude ver onde estava. O ambiente destruído e sujo de sangue, o fedor de carne podre e de fogo pairando no ar e o frio intenso ativaram a minha memória. Eu estava de volta ao inferno. Mas por quê?

    Caminhei com imenso receio por um corredor estranhamente extenso que, eu não tinha dúvida, não fazia parte da casa. Fiquei alguns segundos parado no mesmo lugar, de costas para uma porta, tentando suportar o medo que me invadia e procurando, mais uma vez, encontrar sentido em tudo aquilo. Apurando a visão, bem à frente, consegui enxergar a Carlinha de costas para mim:

    — Carla! — gritei, e disparei na direção dela.

Corri durante algum tempo e a distância parecia não diminuir. Arfante, parei. A Carla continuava de costas. Virei-me e vi a porta a apenas alguns centímetros. Eu não havia sequer saído do lugar. Confuso e assustado, tornei a gritar o seu nome. E então, em meio a sussurros de lamento e risadas de várias vozes infantis, ela veio caminhando devagar de costas, passo a passo, numa cena muito estranha, que me causou calafrios. Mesmo quando a Carla chegou bem perto eu ainda não podia ver seu rosto. Coloquei uma das mãos em seu ombro.

— Carlinha... — comecei a falar, mas, assim que ela se virou, seus olhos estavam negros e em sua testa havia um imenso buraco de tiro, por onde o sangue escorria abundante, manchando todo o seu rosto.

Antes que eu pudesse colocar em palavras o desespero que tomou conta de mim, ela falou, com uma entonação estranhamente grave:

— Olhe o que você fez, Ben. Você me matou.

— N-não, Carlinha, eu não...! — gaguejei, imerso em terror.

— A escuridão está em mim agora. E é tudo culpa sua. Eu sou a escuridão.

Lembro-me apenas da gigantesca sombra que surgiu atrás dela e de berrar em protesto, de olhos fechados, com ambas as mãos na cabeça, sem querer acreditar no que via. Aquilo tinha que ser um pesadelo.

Após minutos em uma agonia sufocante, em que eu tentava me desvencilhar do que quer que fosse aquilo que havia surgido na minha frente, senti um vento forte varrer meu rosto. Um vento estranhamente refrescante. Abri os olhos e demorei a me acostumar com a claridade que invadia o ambiente. Um foco de luz muito brilhante estava parado no lugar onde a imagem sombria de Carlinha estivera.

— Ben... — disse uma conhecida e suave voz.

A claridade foi amenizando e a imagem da tia Júlia se tornou nítida. Ao olhar ao redor, avistei um imenso e belo jardim. Aos poucos, fui sendo preenchido por um sentimento de tranquilidade que havia muito eu não experimentava. O medo e o terror de momentos antes foram se dissipando e meu coração se acalmou, batida por batida. Minha respiração se corrigiu e toda a sensação ruim simplesmente desapareceu. Onde quer que eu estivesse, aquele lugar era o completo oposto do inferno que eu estava vivendo na casa.

Caminhei até a tia Júlia e, sem me conter, dei um longo e apertado abraço nela. Faltaram palavras, mas sobraram lágrimas. Pude perceber, agora que pensava com mais tranquilidade, o quanto eu estava sozinho e desamparado. Sem entender o motivo, senti que aquele abraço era exatamente o que eu precisava no momento. E ele me deu forças. A tia Júlia continuou:

— Ouça com bastante atenção, filho. Você não pode ficar por muito tempo. Eu fui além de muitas regras para te trazer aqui, regras que você não entenderia, mas eu preciso que me escute... — dizia a tia Júlia, com calma.

— Estou fazendo o possível para salvar a Carlinha, tia, eu...

Mas ela logo me interrompeu:

— E é por isso que você precisa me ouvir. Ben, não há mais salvação para a Carlinha no seu mundo.

Aquelas palavras entraram no meu ouvido como se tivessem sido ditas em outro idioma. Eu não conseguia entender, nem ao menos conceber a ideia de que não existia mais salvação. Por que ela estava falando aquilo?

— Tia Júlia... Como...?

— Existe um mal muito grande envolvido, Ben. Algo que ultrapassa qualquer entendimento humano de maldade. E essa maldade se alimenta de inocentes, de desespero. Alimenta-se de vida... Desde os primórdios da raça humana, existem homens que almejam invocar e libertar essa maldade no mundo visando lucros infinitos, poderes impressionantes. É o mais puro egoísmo. E esse egoísmo fez, e ainda faz, muitas vítimas. O que aconteceu naquela casa, muitos anos atrás, ainda permanece lá, adormecido. Então, seu tio Romeo se juntou a homens terríveis e poderosos, cegos pelo poder, cada um com sua desculpa e justificativa, e esqueceu até da própria família, tamanha foi sua ambição. Se teve um fim trágico foi porque ele o buscou.

Eu ouvia com atenção, mas a tristeza era sufocante.

— Sua prima foi usada como chave — a tia Júlia prosseguiu, com pesar. — Uma vida inocente, cuja alma ficará presa para sempre naquele inferno. Por isso é que acontecem as suas idas e vindas; é essa energia pavorosa sugando tudo ao redor. Também estou, de certa forma, presa à casa. Ainda não quero fazer a passagem até ter certeza de que todo esse pesadelo teve fim.

— Mas, tia... por que a Carlinha?

— O corpo da Carla está sendo utilizado como transporte e, assim que os rituais forem concluídos, ele será transformado em algo inumano... Uma vez que a conexão entre o corpo e a alma é violada dessa maneira, não existe volta. Por isso, Ben, seu fardo será ainda mais pesado. Você não pode permitir que esse ritual se concretize. Você precisa impedi-lo. E esse mal fará de tudo para te convencer do contrário. Fará de tudo para que você desista.

— Mas como vou impedir isso? — balbuciei.

— Você tem que interromper essa conexão à força. Antes que ela seja definitiva.

— Interromper a conexão?

A tia Júlia me olhou com atenção e respirou fundo:

— Você terá que matar a Carlinha para salvá-la, Ben.

Assim que ela terminou a frase e antes que eu pudesse protestar, o forte vento retornou.

— Você deve ir agora. — E a imagem da tia Júlia foi ficando desfocada. — Quando acordar, Ben, eles já terão apanhado a Carla, mas você estará seguro. O tempo será curto.

— Mas, tia, seguro...? Quem...?

A ventania ganhou força e eu comecei a sentir o frio na barriga de quem está prestes a fraquejar.

— Você entenderá — ela garantiu. — Seja forte.

Caí num turbilhão de ventos e de tristeza. Gritei enquanto despencava, mas minha voz nem sequer foi projetada. Só conseguia pensar na Carlinha e no quanto eu desejava que aquilo não fosse verdade. Não era dessa forma que eu pretendia salvá-la, nunca foi. Senti minhas forças se esvaírem e, com lágrimas quentes ainda escorrendo dos olhos, apaguei.

Ergui as pálpebras no que me pareceu o minuto seguinte, mas não movi um músculo sequer. Escutei com atenção o barulho da chuva que ainda caía. Eu estava deitado com a cabeça recostada em algo como uma mochila e tentei me localizar olhando apenas para o teto. Era um teto rústico de madeira que eu não reconheci e a única fonte de iluminação vinha de um lampião que queimava em uma parede mais à frente. Ouvi passos e rapidamente fechei os olhos. Os passos se aproximaram e pude sentir que alguém se agachava ao meu lado. Minha apreensão aumentou e eu segurei a respiração. Uma mão macia encostou em meu rosto e, com o susto, abri os olhos.

Um belo e jovem rosto feminino me encarava. Com um assomo repentino de felicidade, reconheci na hora os imensos olhos castanhos e os cabelos ruivos:

— Amanda...?

VIII AMANDA

E-MAIL INTERCEPTADO POR AMANDA JOHNSON DA CAIXA DE ENTRADA DE SEU PAI, ROMEO JOHNSON, NO DIA 20 DE JUNHO DE 2004.

DE: SH Express <contact@southhamptonexpress.com>
ASSUNTO: Agendamento de entrega
DATA: JUN 20, 2004 2:23 AM

Prezado sr. Romeo Johnson,

Sua encomenda está agendada para ser entregue às 22h do dia 23 de junho de 2004, em sua residência.

Pedimos, por gentileza, que se atente ao horário para recepcionar nossos entregadores e tenha em mãos toda a documentação necessária.

A documentação deverá estar separada antes que nossos entregadores cheguem à sua residência. Qualquer irregularidade será passível de multa.

Atenciosamente,
Equipe South Hampton Express — Pensou, Chegou!

A FELICIDADE QUE SENTI AO VER A AMANDA VIVA, AO MEU lado, quase me anestesiou por completo, mas então comecei a sentir uma forte dor no tornozelo direito. No momento em que a Amanda me ajudou a sentar no chão, notei que meu pé estava completamente enfaixado e, ao encostar nele, entendi que algo sério havia acontecido. Aos poucos, fui notando também diversos cortes e arranhões por todo o meu corpo, além de minha roupa estar muito suja e rasgada em pontos distintos. Então perguntei, de um jeito confuso, sem saber usar as palavras:

— Amanda... você... você está viva? Meu pé... Onde...? O que aconteceu?

— Uma coisa de cada vez, Benny. — Ela esboçou um sorriso, mas falava com urgência: — Tenho muita informação para você.

Disso eu não tinha dúvida.

— Você caiu da janela da casa, Benny. Jogou-se, acho. Eu estava a caminho de casa e cheguei a tempo de presenciar a sua queda, então corri para te socorrer. Ninguém me viu, me escorei abaixo do parapeito da janela com você, mas ouvi alguém ordenar gritando que te encontrassem. Aí, eu te levei para os arbustos do matagal atrás da casa num carrinho de mão velho e esperei que eles desistissem de te procurar no quintal. Dois dos homens encapuzados chegaram até a entrar nesse galpão, mas, como não encontraram nada, saíram logo em seguida. Quando vi que eles retornavam para dentro da casa, eu te trouxe até aqui e enfaixei seu pé, rezando para que você acordasse logo. Fui de novo até a casa e observei todos reunidos na sala, conversando sobre os preparativos finais. Eles são muitos. E não consegui ver a Carla... Estamos bem perto, este é o galpão do antigo caseiro.

Eu precisei interrompê-la. A carga de informações era considerável, no entanto uma dúvida insistia em martelar na minha cabeça:

— O que aconteceu com você, Amanda? O tio Romeo disse que tinha dado um jeito, eu achei que você estivesse morta...

Ela respirou fundo, fechou os olhos e respondeu:

— E seria exatamente isso que teria acontecido se eu não tivesse desconfiado desde cedo das intenções do meu pai. Se é que ainda consigo chamá-lo assim... — A Amanda ergueu as pálpebras e continuou: — Descobri, por acidente, no quarto dele, algumas cartas, enquanto procurava uns documentos meus, pouco antes de sair de casa. Logo depois fui para a faculdade e, desde então, dediquei grande parte dos meus dias a entender do que se tratavam, não querendo acreditar no que ia desvendando. Eu nunca poderia imaginar...

— Ninguém poderia, Amanda — tentei consolá-la.

— Eu sempre soube que o meu pai era ambicioso, mas nunca a esse ponto. Essa sociedade em que ele se enfiou busca poder a qualquer custo, e eles são muitos. E muito poderosos. Minha única sorte foi que o papai nunca foi muito cuidadoso, então me aproveitei de seus deslizes e consegui confirmar minhas suspeitas. Ele estava tramando pelas costas de toda a família e planejando utilizar a Carlinha para chegar aonde queria. — Ela respirou fundo. — A essa altura, minha mãe já havia entrado em coma e eu não tinha mais a quem recorrer. Não podia confiar em ninguém. Já estava sendo vigiada na faculdade e não fazia a menor ideia...

A Amanda ia se encolhendo a cada palavra e eu pude ver o quanto reviver aquilo a perturbava. Mas ela seguiu em frente:

— Reuni o máximo de informações que consegui sobre os últimos passos do papai e, com a ajuda de um grande amigo, liguei os pontos do que poderia acontecer. Esse meu amigo tem muito conhecimento sobre o ocultismo e me ensinou tudo o que sabe sobre rituais satânicos e os métodos dessa gente. As informações batiam com o que descobri do meu pai. Assim, decidi voltar para cá, na esperança de ficar mais perto e tentar evitar mais desgraças. No entanto, quando cheguei à estação de trem para sair de Derry, fui sequestrada.

— Sequestrada?!

— Exatamente, Benny. Fui forçada a entrar em uma van com vários homens de terno e touca ninja. Lutei o máximo que pude, gritei, me debati, mas eles me doparam com alguma coisa, e eu só acordei horas depois, toda machucada, quase sem respirar, dentro de uma caixa debaixo da terra. Entrei em desespero, lutei para sair por um bom tempo e quase perdi as esperanças. O oxigênio era quase inexistente e o medo me fazia desperdiçá-lo. Tive diversas visões com a minha mãe, das quais tirei as últimas forças para continuar sobrevivendo. Quando achei que não iria mais resistir, a tampa da caixa foi arrancada e um homem de roupa clara, que não consegui identificar, me ajudou a sair do buraco.

— Você não viu quem era? Ele não disse nada? — perguntei, impressionado.

— Apenas: "Vá, Amanda." Antes que eu pudesse descobrir sua identidade, ele desapareceu, e eu estava fraca demais para segui-lo. Vaguei sozinha durante algum tempo, sempre me escondendo, porque já sabia do envolvimento de muita gente importante. Por isso, eu não podia contar nem com a polícia. Mendiguei disfarçada para ter o que comer e comprei uma passagem de ônibus para vir até South Hampton. Assim, mais uma vez graças ao jeito descuidadíssimo do meu pai, interceptei, de um computador público da estação, o último e-mail que ele havia recebido e concluí que precisava estar aqui hoje.

Eu ouvia cada palavra da Amanda com total atenção. Ela também enfrentara o inferno, mesmo sem ter pisado lá de fato. Assim que terminou seu relato, eu contei tudo o que vivenciara naquelas últimas horas, que já pareciam semanas, e tudo o que eu descobrira. Falei sobre o inferno, sobre os pesadelos, sobre o terror impensável. Sobre a tia Júlia e como ela também fora fundamental para mim. Sobre toda a tristeza, maldade e desespero que estavam na casa...

Eu falava rápido, sentindo o medo tomar conta de mim novamente. Então, cheguei ao ponto que mais me impactava, e a Amanda ouvia, assustada, concordando vez ou outra com acenos de cabeça e compartilhando do mesmo pesar.

— A Carlinha, Amanda... — eu disse, por fim, com um nó na garganta. — Sua mãe disse que não existe mais salvação para a Carlinha.

— Mas ainda podemos salvar a alma dela, Ben. E fazer com que toda a maldade que se apossou de seu corpo seja expulsa — ela respondeu, com a voz pesada. — Mas é só o que nos resta agora... Pelo que descobri sobre os rituais, ela já estará fraca demais para sobreviver. E temos pouco tempo. Como eu descobri ouvindo a conversa dentro da casa, logo após te resgatar, eles já estão nos preparativos finais.

Embora ouvindo de novo aquela afirmação, dessa vez vinda da Amanda, aquilo era algo que ainda não me soava possível. Eu não queria desistir da Carlinha. De jeito nenhum. Imaginar que não veria mais a minha priminha linda e cheia de vida, me fazia desejar gritar de ódio. Tentei evitar os pensamentos do passado que insistiam em castigar a minha mente, mas o sorriso da Carlinha surgia cada vez mais nítido. Deixei uma lágrima escorrer solitária enquanto tentava me levantar e senti meu pé vacilar. Eu não poderia apoiar toda a carga nele.

— Quais são as nossas opções, Amanda? — Respirei fundo. — Eu ainda estou perdido, confuso demais. O que está acontecendo neste momento na casa?

— Vamos lá. Pelo que descobri nas minhas pesquisas, existe uma oração enorme que os caras fazem antes de iniciar o ritual propriamente dito, para preparar o receptáculo, neste caso a Carlinha, para a chegada da entidade. Isto deve acontecer às três e trinta e três da manhã, a hora mais escura da madrugada, segundo as crenças deles. Ao final da oração, o líder seguirá na súplica, enquanto espera a entidade atravessar para o nosso mundo. Quando ela assumir o corpo da Carlinha, estará completo. A Carla que conhecemos estará morta e presa para sempre na escuridão.

Balancei a cabeça, atormentado. Era difícil acreditar que realmente existiam pessoas capazes disso.

— No meu relógio, já são quase três da manhã... Ben, vamos fazer assim: alguém vai ter de servir de isca para que o outro possa entrar na casa e resgatar a Carla, e, como o seu pé está machucado, a isca não poderá ser você. — Amanda completou, percebendo que eu retrucaria: — Não adianta, Ben, não há alternativa. Você consegue andar, mas não poderá correr.

Mesmo deixando claro que eu não aprovava que a Amanda corresse o maior risco, não me surgiu ideia melhor. Assim, depois de alguns minutos estudando o que tínhamos à nossa disposição, combinamos que ela chamaria a atenção de todos pela porta da frente, enquanto eu acessaria o interior da casa pela janela do quarto dela. Havia uma cerca que eu poderia escalar sem muita dificuldade, mesmo com o pé machucado.

A Amanda faria o máximo para tirar todos da casa, usando alguns sinalizadores de emergência que havia no galpão, e cada um de nós levaria um machado para nos defender, caso fosse necessário. Dessa forma, no momento em que eu resgatasse a Carla, sairia pela porta da cozinha e fugiria o mais rápido que meu tornozelo permitisse.

As chances eram poucas e o risco era imenso. Mas isso tinha que ser feito de qualquer jeito. E tudo dependia só do que iríamos enfrentar, o que, naquele momento, era completamente incerto. Não sabíamos quem eram aquelas pessoas, nem quantos seriam, mas tínhamos plena certeza de que se tratavam de pessoas armadas e perigosíssimas. Como se não bastasse isso, ainda existia todo o mal que pairava naquele lugar e que estava prestes a ser libertado. E eu já sentira na pele do que esse mal era capaz, caso alguém ousasse ficar no seu caminho.

— Benny... — Dessa vez a Amanda tinha lágrimas nos olhos. — Eu já perdi meu pai, minha mãe e agora a Carlinha. Preciso apenas que tudo isso acabe e que ela e minha mãe possam descansar em paz. Não quero que isso te afete, nem a mais ninguém. E eu sinto muito que você tenha sido envolvido nisso.

Quando ela terminou de falar, cheguei mais perto e a abracei. Olhei dentro dos seus olhos ao dizer:

— Vou fazer o impossível, Amanda, tenha certeza disso. A Carlinha sempre significou muito pra mim e, depois de todo esse horror que vivemos juntos, ela se tornou a pessoa mais importante da minha vida. Eu vou salvá-la — disse com firmeza. — Do jeito que der. Mas preciso que você me prometa uma coisa.

— O quê?

— Que você também vai sair desta viva. Eu e você vamos. Você é forte. Sobreviveu uma vez e sobreviverá de novo. Assim que os tirar da casa, corra. Corra e fuja para longe.

Ela sorriu em meio às lágrimas e me abraçou de novo. Em seguida, consultou o relógio e enxugou o rosto:

— São três e dez, Ben. Temos que ir.

Concordei com um leve aceno de cabeça e caminhei uns dois passos à frente. Eu mancava, mas isso não iria me impedir, de jeito nenhum.

Abrimos a porta do galpão, e o vento forte e gelado nos atingiu. Olhei na direção da casa, que estava bizarramente escura, fracamente iluminada pelo que ainda restava da luz da lua em meio à tempestade, como se ela soubesse que algo terrível estava para acontecer.

Muita coisa mudara em mim naquelas horas de terror que eu passara no lar dos meus tios na Colina de Darrington. Mas uma delas fez toda a diferença. Quando a Amanda segurou a minha mão e começamos a caminhar sob a forte chuva, com a mochila dela repleta de sinalizadores e cada um segurando um machado enferrujado, tive uma percepção importante:

Além do medo constante que agora morava dentro de mim, crescia também um forte sentimento de ódio e uma sede de vingança que eu jamais experimentara.

Segurei com força o cabo do machado e tive uma única certeza no momento em que chegamos perto da casa e fomos recebidos por um forte trovão que estremeceu toda a colina: eu não pensaria duas vezes se tivesse de usá-lo contra qualquer um daqueles doentes ali dentro.

Cheguei até a desejar a chance de matá-los.

IX O RITUAL

EXTRAÍDO DA ENTREVISTA DE ANTHONY DAWSON COM O CANDIDATO A GOVERNADOR DO ESTADO DE NEW HAMPSHIRE, JACK MCNAMARA, PARA A REVISTA *BUSINESS & SUCCESS*, MAIO DE 2004.

Anthony Dawson: O que você acha da palavra ambição?

Jack McNamara: Ambição é o que move os homens. É o que nos faz querer chegar mais longe, conquistar cada vez mais. Ambição é o que faz um menino pobre do subúrbio de Vermont, que nunca teve o apoio dos pais, virar o chefe de um grupo com mais de cem empresas. Menino esse que sempre viveu à margem da sociedade e comeu o pão que o diabo amassou para sobreviver, nunca perdendo as esperanças de um dia ser bem-sucedido. A ambição fez esse menino dedicar seus dias aos estudos para galgar seu lugar ao sol. E é o que faz esse mesmo menino, hoje, concorrer a um cargo importante na política. Um menino ambicioso chamado Jack McNamara.

AD: E o que o seu governo planeja para New Hampshire?

JM: Que as pessoas compartilhem do mesmo sentimento de mudança, da mesma vontade de crescer. Com o meu governo, pretendo mostrar para o mundo do que um pequeno estado, mas com potencial, é capaz. Haverá emprego para todos, boas condições de vida e melhoras reais em toda a infraestrutura do estado. Usando todo o meu conhecimento empresarial, colocarei New Hampshire no topo.

AD: Você acha que essa estratégia e esse posicionamento podem vir a ser considerados agressivos pela oposição?

JM: Lido com críticas e elogios todos os dias. Há quem considere arriscada e até mesmo agressiva a minha estratégia e o meu modo de lidar com os negócios, mas meus resultados sempre falaram por mim. E é a partir deles que costumam vir os elogios. No entanto, para falar a verdade, não penso muito nisso. Prefiro seguir o meu caminho, fazendo sempre um bom trabalho. É com isso que se constrói uma boa imagem.

AD: E a respeito das acusações do seu envolvimento com os illuminatti?

JM: Boatos. Apenas boatos. Todos com o intuito de me derrubar. São tão infundados que nem perco o meu tempo me defendendo deles publicamente. Jamais faria mal a nenhuma pessoa ou passaria por cima de alguém para crescer. Nunca precisei e nunca precisarei.

MEU TORNOZELO RECLAMAVA A CADA PASSO, MAS EU ignorava a dor.

Quando cheguei à parede de pedra e hera que seguia bem abaixo da janela do quarto da Amanda, vi o chão repleto de cacos de vidro, o que indicava que foi dali que eu despencara. Olhei para cima e respirei fundo. A queda era bem alta, mas surpreendentemente eu estava inteiro.

Segurei com as duas mãos a cerca que subia pela parede e puxei algumas vezes para verificar se aguentaria o meu peso. Ela estalou de forma ameaçadora, mas não cedeu. Então, coloquei primeiro o meu pé bom e comecei a escalar. Não tive muita dificuldade com o pé machucado, mas a subida foi um tanto lenta. A chuva castigava minhas costas cobertas apenas pela camisa de malha e deixava a madeira velha em minhas mãos bem escorregadia.

Quando, enfim, segurei no batente da janela, escutei o barulho do primeiro sinalizador da Amanda explodindo. Na mesma hora, houve correria no andar de baixo. Em seguida, diversos outros sinalizadores começaram a estourar e iluminar todo o ambiente externo. Até o momento, tudo corria conforme o planejado. Suspendi o corpo para entrar. Era um salto. Teria de fazer com cuidado para não machucar ainda mais a minha perna. Foi quando senti duas grandes mãos me agarrarem pelos braços, puxando-me com enorme violência para dentro.

Derrubado, fui tropeçando por cima do homem que me puxara e o machado molhado deslizou de minha mão pelo assoalho. Em desespero, estiquei o braço para pegá-lo, mas logo fui imobilizado com um golpe mata-leão que apertou meu pescoço com ferocidade. Ele era enorme. Eu me debati o máximo que pude, tentando me desvencilhar, e isso fez com que meu adversário batesse as costas pelos móveis do quarto, mas ele não me largava. Eu começava a ficar sem ar e minha garganta doía de maneira excruciante.

Foi quando um sinalizador entrou assobiando pela janela do quarto. Quando explodiu no teto, preencheu todo o cômodo com um forte cheiro de pólvora e uma forte luz vermelha que me cegou por segundos. Com o susto, e também sem enxergar, o homem me soltou e eu caí para a frente, bem ao lado do machado. Sem titubear, peguei-o de qualquer jeito pelo cabo e, gritando, corri na direção da figura encapuzada. Com todas as minhas forças, enterrei o machado entre o ombro e a cabeça dele. Pude sentir a lâmina penetrando sem dificuldade a carne, parando apenas no que eu calculei ser a espinha. Eu estava tomado de ira e aquela sensação me causou um estranho prazer. O homem gritou e engasgou com o próprio sangue, até que finalmente tombou, debatendo-se no chão, desesperado.

Parado ali, admirando o sofrimento dele, senti minhas mãos formigarem ao redor do cabo do machado. Comemorei mentalmente, respirando forte. Na minha mente, pude ouvir uma voz aguda e irritante que me parabenizava pelo que eu acabara de fazer.

No entanto, não havia tempo a perder. A correria lá fora me trouxe de volta e eu saí do quarto sem olhar para trás. Prestei atenção para constatar algum barulho dentro da casa, mas todos pareciam estar na parte externa. Pelo visto, a Amanda estava conseguindo afastá-los, pois o som das vozes e da correria se tornava cada vez mais distante.

Um passo de cada vez, ainda mancando e sentindo as dores da luta, andei pelo corredor devagar, sempre apurando a audição. Fitei a escada e a viga que corria acima dela. Parecia que a madrugada em que acordei e encontrei a Carlinha fazendo caretas tinha sido há anos, não apenas há um dia. Passei pela porta do quarto dos meus tios e um arrepio me percorreu. O corpo da minha tia ainda estava lá, descoberto, deitado sem vida em cima da cama hospitalar.

O sino do grande e antigo relógio da sala cortou o silêncio quando eu desci o primeiro degrau. Estava na hora. Andando o mais rápido que o meu pé me permitia, terminei de descer os degraus e a primeira cena que vi foi o corpo do tio Romeo esparramado no chão, em cima de uma espessa poça de sangue e com um buraco de tiro entre os olhos abertos. Apertei o cabo do machado, alternando entre o impulso de vomitar e a vontade de celebrar seu assassinato.

Segui pela antessala até o portal que dava acesso à sala principal, onde eu vira o símbolo pela primeira vez desenhado no assoalho. E lá estava ela. Deitada no piso, nua e com diversos desenhos pelo corpo, jazia a Carlinha. Formando um xis, seus braços e suas pernas estavam abertos e amarrados a estacas com tochas acesas nas pontas. Seus olhos miravam o teto, sem nenhuma expressão. Ao redor do círculo, havia velas negras e uma figura encapuzada estava ajoelhada perto de sua cabeça com as mãos juntas, num tipo de oração. Aterrorizado, fiquei olhando aquele cenário durante alguns segundos, atônito, sem me mover. Em seguida, por instinto, corri na direção do homem ajoelhado, mas parei quase derrapando quando ele apontou uma arma para mim.

— Não dê mais um passo sequer — disse a mesma voz grave que ordenara que encontrassem a criança e deu a sentença de morte ao tio Romeo. — Nem mais um passo. Solte o machado e erga as mãos. Agora.

Ele ficou de pé, ainda apontando a arma na minha direção. Larguei o machado e levantei os braços, e ele veio até mim.

— Você é um garoto muito corajoso. E também não é nem um pouco inteligente. Nenhum de vocês é! — o homem esbravejou. — Vocês não têm ideia das pessoas com quem estão se metendo. Se tivessem, nem sonhariam em ficar no caminho. Sua prima Amanda já deveria estar morta, e você, rapaz, morreria hoje. Esse era o plano inicial. Um dos dois, pelo menos, ainda está no prazo. Mas já atrapalharam demais.

Conforme ele cruzou o portal para a antessala, a luz fraca iluminou seu rosto e na mesma hora eu identifiquei os cabelos grisalhos cuidadosamente repartidos, os olhos azuis intensos e as feições fortes: Jack McNamara, o magnata dos negócios, o garoto-propaganda dos bancos americanos, o rei dos programas de entrevistas e o queridinho dos acionistas. O corpulento candidato a governador do estado de New Hampshire. Era difícil acreditar que um homem que já devia ter tudo ainda não estivesse satisfeito. A ambição realmente consumia as pessoas.

— McNamara...? Mas... Você...?! — gaguejei, confuso, ainda sem conseguir conceber a ideia do envolvimento dele.

— Fico satisfeito que me reconheça, Benjamin Francis Simons. Também o conheço. Conheço tudo sobre você. Nossa história de vida não é tão diferente, sabia?

Permaneci em silêncio, atordoado, sem entender o que ele queria dizer.

— Eu também não tive pais — ele prosseguiu, com um sorriso malicioso. — Ou melhor, tive. Mas eles nunca significaram nada pra mim, nunca me ajudaram em nada. Eram dois imprestáveis de pensamento pequeno. Não foi complicado forjar a morte deles quando eu ainda era criança. Complicado foi manter o papel de vítima até hoje. Tudo o que conquistei foi com a minha própria garra. Obviamente, encontrei algumas pessoas com pensamentos parecidos e me juntei a elas. Porém, alguns não passaram de inúteis, como o seu tio, e foram mais um estorvo do que uma ajuda. — McNamara gargalhou. — É o que eu sempre digo: se quer uma coisa bem-feita, faça você mesmo.

— Mas por quê? Para que fazer isso? — continuei, impressionado com o que ouvia, sem conseguir me conter. — Você já tem tudo! Vocês todos! Do que ainda precisam?

— Poder, Simons... Quanto mais, melhor. Mas buscamos o poder inigualável, inimaginável. Combinado à minha imagem, o céu será o limite — ele dizia, com os olhos faiscando. — Terei as pessoas, os governantes nas mãos. Nações inteiras. Isso, é claro, assim que eu tirar vocês do meu caminho.

Percebi então que chegara o fim. Ele engatilhou o revólver e eu apenas fechei os olhos para aceitar o meu destino. Ironicamente, naquele instante, em meio ao silêncio sepulcral, eu não sentia medo.

Então, um barulho estranho no assoalho do andar de cima cortou a noite. Abri os olhos e vi que McNamara olhava para o alto da escada, assustado, ainda com a arma direcionada para a minha testa. Foi quando descobri o que o detinha: a tia Júlia, parada no último degrau, completamente imóvel e estranhamente sombria.

— Como...? Ela...? — balbuciou McNamara.

Um som que lembrava o de folhas secas farfalhando ao vento tomou conta do ar pesado que pairava na casa. O ruído nos rodeava, aproximando-se e se afastando. McNamara olhava para o alto da escada sem reação, totalmente paralisado. Parecia querer se defender, tentar retomar o controle, mas nem conseguia falar. Então, começou a sacudir a cabeça numa negativa desesperada, pretendendo dissolver a visão, mas seus olhos... Seus olhos revelavam o medo aterrorizante de quem tem sua alma descoberta e seus segredos mais ocultos sussurrados ao pé do ouvido. Segredos que ele nem ao menos ousava revisitar. Ninguém mais sabia deles. Ninguém teria como saber. Teria?

Sem que a tia Júlia sequer mexesse os lábios, sua voz, normalmente suave, entoou, num tom grave e elevado que pareceu ecoar na minha mente:

— Você não a levará, McNamara.

Jack cerrou as pálpebras, levou as duas mãos à cabeça e a sacudiu, desesperado, tentando espantar o que quer que estivesse inundando a sua consciência. Eu não fazia ideia do que minha tia poderia ter mostrado ou dito ao homem, mas, para mim, aquele breve momento foi o suficiente. Joguei-me no chão de uma só vez, agarrei o machado ainda em movimento e, com toda a força, acertei a panturrilha dele, que se separou de sua perna e banhou minha roupa de sangue. McNamara urrou de dor e apertou o gatilho para o alto, caindo para a frente em seguida. Eu me levantei e corri mancando até a Carlinha. A tia Júlia desaparecera.

Cortei as cordas que a prendiam e escutei o segundo tiro, que acertou a parede bem atrás de mim. Segurei minha priminha no colo e me encolhi fora do alcance de McNamara. Ainda gritando de dor, ele descarregou todo o revólver. Quando ouvi o clique da arma, indicando que a munição havia acabado, coloquei a Carlinha no chão e fui até ele, com o machado em punho.

— Você não pode impedir! — ele gritou, deitado, segurando o joelho onde faltava a continuação de sua perna. — Ela já está morta!

Encarei os olhos azuis de McNamara e senti que os meus faiscavam:

— Você também. — E com todo o ódio que me consumia, enterrei o machado em seu crânio, quebrando-o, produzindo um som oco e espalhando por todo o assoalho pedaços do seu cérebro doentio.

Mais uma vez senti um prazer descomunal em arrancar violentamente a vida de um daqueles canalhas. Aquela casa de fato me transformara, e toda a energia ruim que agora preenchia meu coração parecia ser um farto banquete que eu oferecia de bom grado ao mal que ali habitava. Era estranho, mas eu não sentia nenhuma hesitação.

Arfando, soltei o cabo ainda preso à cabeça dele e, com uma última olhada para os olhos revirados no rosto sem vida de Jack McNamara, fui mancando até a Carlinha.

Eu estava esgotado, sem forças e completamente sujo, manchado pela mistura nauseante de diversas variedades de sangue. Tornei a pegá-la no colo e chequei a sua respiração. A Carlinha ainda respirava, mas seus olhos abertos estavam sem expressão.

Ouvi vozes e passos se aproximando da casa, então peguei o revólver caído ao lado do cadáver de McNamara e o recarreguei com a munição que achei em sua cintura. Envolvi a Carlinha na capa que arranquei dele e fui o mais rápido que consegui até a cozinha. Algo me fazia querer continuar dentro da casa e aproveitar mais um pouco toda a promessa de morte que ali havia, mas eu tinha uma missão a cumprir e meu desafio era mantê-la.

Com a Carlinha no colo, fui em direção à floresta que ficava ao redor da Colina de Darrington, mas senti meu pé vacilar e tombei com um joelho à frente. O peso de caminhar com ela em meu colo e com o meu tornozelo machucado tornava tudo muito mais difícil. Mas eu não desistiria.

Tentei ainda por mais alguns metros, então meu pé estalou e eu caí de vez, e me arrastei com minha prima para trás de um arbusto. Olhei para a Carlinha envolvida com a capa no chão, e finalmente desabei. Chorei desesperado por toda a tristeza que aquela cena me causava. Chorei por todo o medo e terror que eu vivenciara naquelas últimas horas. E pela angústia de não saber do paradeiro da Amanda.

Chorei pensando no que estava por vir e por não saber se eu teria a coragem necessária para enfrentar.

X UM TIRO NA ESCURIDÃO

TRECHO EXTRAÍDO DO JORNAL *THE NEW HAMPTON UNION*:

South Hampton, New Hampshire
Terça-feira, 24 de junho de 2014

DEZ ANOS SEM O MAGO DOS NEGÓCIOS

por Alfred Wooler.

Existem pessoas que nasceram para brilhar.

Elas que vieram para este mundo para fazer a diferença e deixar uma marca. E se tem algo que Jack McNamara soube fazer muito bem nos seus cinquenta e dois anos de vida foi marcar.

Com um faro sem precedentes para os negócios, Jack investiu pesado em sua companhia e, ao concorrer para governador do estado de New Hampshire em 2004, seu sucesso era imenso e sua fama já alcançava todos os cantos dos Estados Unidos da América. Os boatos eram de que ele tentaria a presidência, pois sua vitória como governador era mais do que certa.

No entanto, um trágico acidente de avião, há exatos dez anos, interrompeu essa carreira meteórica e o mundo dos negócios perdeu um ícone em ascensão. Um ano triste em muitos sentidos, quando o renomado dr. Henry Benzinger também nos deixou. E o horrendo episódio na Colina de Darrington causa arrepios até hoje.

Os corpos de Jack McNamara, de sua equipe pessoal e dos demais tripulantes da pequena aeronave que caiu no oceano Atlântico nunca foram encontrados, mas a sua alma ainda vive em todos aqueles que sonham em, um dia, alcançar os mais altos postos de Wall Street.

Confira nas páginas 3-8 do nosso caderno especial toda a trajetória de vida do grande Jack McNamara.

A MENTE TRABALHA DE MANEIRA ENGRAÇADA. AO PARARMOS para observar todas as provações que vivemos diariamente, quase nunca nos imaginamos em uma situação extrema. Em geral achamos que o máximo de perigo que viveremos em um dia será enfrentar uma grande tempestade sem estar de capa ou guarda-chuva ou perder a carteira. De modo algum nossa imaginação monta cenários em que estaremos jogados no chão, no meio da floresta, sujos e com o pé praticamente quebrado. Nem que teremos o corpo todo machucado, sentiremos medo e frio, e estaremos com uma arma carregada na mão. Isso, claro, depois de ter matado duas pessoas e precisar fugir, mas não conseguir. Por fim, vendo a nossa frente uma missão impensável e sem certeza de ter coragem suficiente para cumpri-la.

E esse era exatamente o meu cenário naquele momento.

Tentei me levantar e, com muita dificuldade, fiquei de pé. Mas como meu tornozelo não teve forças para dar sequer um segundo passo, eu tornei a cair no chão. Respirei fundo e procurei raciocinar. Eu não tinha certeza do quanto já havia caminhado nem onde estava. Infelizmente, não parecia muito longe. A simples sensação de que alguém poderia me encontrar a qualquer momento ali me desesperava e, a cada minuto, eu ficava mais paranoico. Os simples ruídos noturnos da floresta me punham olhando por sobre o ombro como um maluco. Sentia-me constantemente vigiado. E não havia nenhum sinal da Amanda.

Olhei para a Carlinha no chão e senti meu cérebro derreter. Aquilo não podia estar acontecendo, tinha que haver algum outro jeito. Eu jamais me vira tão sozinho e perdido na vida. Aterrorizada, minha mente entrou em um turbilhão de imagens de tudo que havia acontecido e eu apertei a arma com força. Com lágrimas ainda secando nos olhos, me peguei considerando a hipótese de finalizar ali mesmo o meu sofrimento. A ideia parecia atraente e as vozes na minha cabeça diziam que talvez fosse o melhor. Entrei em uma discussão perturbadora comigo mesmo quando minha loucura atingiu o auge:

— Isso resolveria... — eu disse, com a voz rouca. — O suicídio resolveria...

— Sem dúvida! — respondeu a voz aguda e irritante dentro de mim. — Pense, Benny, você já sofreu demais, já viu coisas demais. E é tão novo para precisar passar por tudo isso... Chega!

— É, chega...

— Chega, Benny! É isso! — a voz repetiu. — E, além do mais, você está sozinho aqui. A Carlinha já está morta e essa história da alma dela é invenção...

— Mas ela ainda respira... — falei, olhando para a Carla, no chão.

— ELA ESTÁ MORTA! Ela morreu, Ben! Acabe logo com isso! Você não aguenta mais!

— Tia Júlia... eu juro que tentei.

— Sua tia também morreu! Estão todos mortos! Sobrou apenas você. Acabe logo com esse tormento. Dê esse presente a si próprio. Você não deve nada a ninguém.

Sem conseguir mais raciocinar direito, com a mão trêmula, comecei a levar a arma até a têmpora. Fechei os olhos e pensei no lugar em que havia encontrado a tia Júlia pela última vez. Imaginei se iria para lá ficar com ela e com a Carlinha caso eu apertasse o gatilho. Foi quando ouvi chamarem meu nome:

— Ben... O que você está fazendo?!

Ao abrir os olhos vi a imagem da tia Júlia fortemente iluminada diante de mim, olhando-me com tristeza. Na mesma hora, larguei a pistola no chão, envergonhado.

— Eu tentei, tia... TENTEI! — gritava, desesperado e exausto. — EU SOU FRACO! NÃO CONSIGO!

— A Carla está presa naquele inferno, Ben. Ela está sendo muito forte, mas não conseguirá continuar resistindo por muito mais tempo. Ela está com medo e sozinha. Os demônios estão quase conseguindo chegar até ela e esse fio de vida que existe será a alavanca para a sua alma ficar presa para sempre. Você viu no que ela irá se transformar...

Nitidamente, veio a minha mente a imagem do rosto distorcido, dos olhos negros e da boca escancarada quando o mal habitou por instantes o corpo da Carla.

— Veja com seus próprios olhos, então — a tia Júlia disse de repente, a centímetros de mim. — Toque-a.

Relutando, me arrastei até o corpo da Carlinha. Encostei, hesitante, a palma da mão na testa dela, e o solavanco foi imediato. Mas, dessa vez, não houve queda.

Como se eu estivesse sobrevoando ou assistindo a tudo aquilo por algum tipo de câmera aérea, vi a Carlinha encolhida num chão em brasas e sujo de sangue, com a cabeça por entre os joelhos. Diversas criaturas escuras tentavam se aproximar dela, arrastando-se e contorcendo-se de forma nojenta, estendendo braços e garras em carne viva na esperança de alcançá-la. Tentei gritar seu nome, mas a minha voz não saía. Um pouco atrás, uma criatura sombria esperava pacientemente a sua vez.

Muito maior do que as outras, o monstro possuía quatro chifres enrolados para trás e um corpo peludo e deformado. Suas feições lembravam vagamente uma cabra, mas seus dentes afiados e sujos de sangue transformavam sua face em um pesadelo. Nas duas patas, curvadas e viradas para trás, havia cascos que pisoteavam a brasa, ansiosos, enquanto suas asas negras se abriam. Era para AQUILO que haviam prometido a Carlinha no ritual. Aquela era a verdadeira escuridão.

Gritei novamente, em pânico, e nada. Mas pude ouvi-la chamar:

— Benny... Mamãe... — ela choramingava. — Por favor... me ajudem...

Sacudi-me violentamente para tentar ajudá-la de alguma forma — foi quando o monstro olhou para mim. Com uma entonação familiar e aterrorizante, grave e aguda ao mesmo tempo, ele falou, prolongando cada palavra em um idioma que não soava humano, mas que foi instantaneamente compreendido pelo meu cérebro:

— DESISTA, HOMEM! ESSA VIDA É MINHA E EU VOU SUGÁ-LA! EU SOU ABBAZEL, SERVO DE MOLOCH, E ESSE CORPO É MEU!

Num instinto de defesa, me joguei para trás violentamente e, com impacto, bati com as costas no chão da floresta. Eu ofegava sob o escrutínio da tia Júlia:

— Você é mesmo um rapaz muito forte, Ben. Eu sempre tive certeza disso.

Agarrei a pistola, decidido. Eu precisava tirar a Carla daquele inferno. Tremendo, me ergui de joelhos e apontei a arma para ela. A tia Júlia se postou logo atrás de mim e pude ver sua mão em meu ombro, embora não pudesse sentir seu toque.

Naquela hora extrema, na madrugada de 24 de junho de 2004, eu apontava uma arma para a cabeça da minha priminha, que eu amava e tentara proteger com todas as minhas forças. Todo o brilho da vida desapareceu tão rápido... Então vi o sorriso da Carlinha iluminar minha memória e me lembrei de nossos momentos felizes juntos naqueles poucos anos. Do instante em que ela nasceu, do quanto eu reclamei com as freiras no orfanato por ter sido quase obrigado a ir visitar a tia Júlia na maternidade, por ter sempre odiado hospitais, para logo em seguida me arrepender, quando a vi pela primeira vez.

Ela era linda. Um bebê que irradiava felicidade e que conquistara todo o mundo. Uma criança que crescia inteligente e feliz. Que parecia ter levado uma carga extra de felicidade para aquele lar... Uma menina que adorava desenhar, brincar... Que sonhava em um dia ser uma desenhista muito famosa... E que agora estava presa naquele inferno. Ela amou sem limites um pai que tramou pelas suas costas a venda de sua alma — a própria filha. E a troco de quê? De poder. Mas quanto poder seria suficiente? Uma vida arrancada das alegrias e substituída pelo inferno.

Minha mente rodopiava e minha mão suava empunhando a arma. Tinha de ser feito. Eu nem dei atenção às sirenes policiais que se aproximavam gradativamente.

Carlinha, por favor, me perdoe..., implorei, de olhos fechados.

E apertei o gatilho, acertando em cheio sua pequena testa, no exato momento em que gritaram num megafone para eu largar a arma.

— Moloch assombrará sua vida para sempre — uma voz grave soou, dominando minha consciência.

Senti o impacto das duas garras do *taser* quando elas fincaram em minhas costas com força, e o choque elétrico, misturado ao horror pelo que eu havia acabado de fazer, foi intenso demais. Não resisti e tombei para a frente, caindo de lado e sentindo todo o meu corpo sacudir e todas as minhas juntas endurecerem.

Antes de desmaiar, no entanto, pude ver a Carlinha me olhando com um lindo sorriso iluminado.

— Obrigada por tudo, Benny... — ela disse, tranquila, de mãos dadas com a tia Júlia. — Você sempre foi o meu herói. Você me salvou. E eu estou com a minha mamãe agora.

Apenas sorri em meio à gritaria dos policiais que apontavam armas para mim e me algemavam à força, com os joelhos nas minhas costas. Minha mente nem se deu ao trabalho de continuar funcionando ou de tentar resistir.

A convulsão veio de forma violenta e, vomitando, eu apaguei.

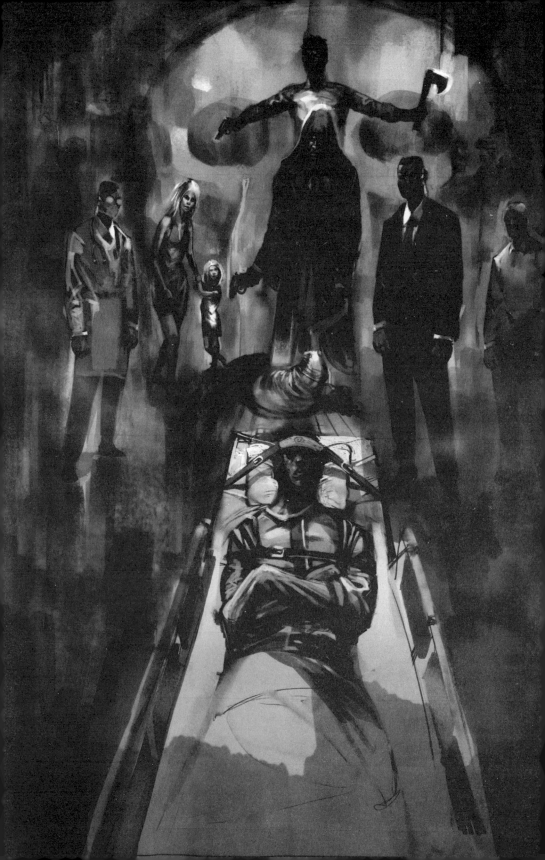

XI LOUCURA

TRANSCRIÇÃO DA COLETIVA DE IMPRENSA REALIZADA PELO CHEFE DE POLÍCIA DO ESTADO DE NEW HAMPSHIRE, ALASTOR KINGSMAN, À BBC, NA NOITE DE 24 DE JUNHO DE 2004, APÓS O VAZAMENTO DE INFORMAÇÕES DO OCORRIDO NA COLINA DE DARRINGTON.

> Gostaríamos de comunicar aos habitantes de South Hampton e de todos os Estados Unidos que conseguimos capturar o assassino em flagrante e o rapaz já se encontra sob custódia.
>
> Este é um episódio que certamente provoca horror no coração de nossa sociedade. Estamos agora concentrados em descobrir o que motivou o rapaz, e nossos pensamentos repousam em memória da família, torcendo para que estejam num lugar de paz. Assim que tivermos mais informações comunicaremos a todos vocês.

EU CAMINHAVA, SEM NENHUMA DESTREZA, NUMA CORDA bamba entre a sanidade e a loucura.

Gritos, desespero e tortura eram só o que circulava pela minha mente, e eu havia perdido toda e qualquer noção de tempo e espaço. Tive pesadelos terríveis nos quais eu sobrevoava montanhas cheias de fogo e via, bem lá embaixo, pessoas despedaçadas se afogando em lava fervente, suplicando por ajuda com lamentos ensurdecedores. As montanhas eram, então, substituídas por extensos corredores sem nenhuma iluminação, de onde pendiam corpos enforcados, que me fitavam acusadores com seus olhos vermelhos e arregalados. No final do corredor, eu avistava a Carlinha e a tia Júlia. Tentava alcançá-las, correndo, mas um enorme monstro em forma de bode, com quatro chifres e asas negras, pousava com estrondo à minha frente, impedindo meu caminho, e suas garras me ofereciam um revólver. Eu o segurava em minhas mãos e apontava para elas:

— Faça, Ben — ordenava a voz grave de sempre.

E eu descarregava a arma nas duas sem pestanejar.

Acordei com meus próprios gritos desesperados. Todo o meu corpo doía e eu não conseguia mover um único músculo sequer. Nem mesmo a cabeça eu era capaz de movimentar. Sentia meus braços presos e cruzados no peito, olhava para a frente e via apenas três focos muito brilhantes de luz.

Estar atado a algum lugar, uma cama ou mesa, me provocava uma angústia imensa. Eu achava que não conseguiria suportar; era como um tipo de tortura que tirava de mim toda a capacidade de ação. Tentava me concentrar em coisas reais para não enlouquecer. Eu me perguntava a todo instante onde estava, e a minha própria gritaria me desesperava. As vozes na minha cabeça zombavam de mim:

— Viu, Benny? Isto é o que você ganha por ser um bom menino!

— E agora, Benny? O bom menino não quis saber, o bom menino não quis ouvir!

Meu esforço era em vão. Quando minhas forças se esvaíram e eu parei para respirar, em pânico, alguém abriu uma porta e veio até mim.

— Ele está acordado — um homem afirmou, em algum lugar ao meu lado. — Chamem o chefe de polícia, rápido. Ele ordenou que o chamassem assim que o rapaz acordasse.

O dono da voz desconhecida caminhou na minha direção e seu rosto surgiu bem acima do meu. Dois olhos verdes me fitaram por sobre uma máscara cirúrgica:

— Promete se controlar se eu te soltar, Ben? — o homem perguntou. — Benjamin Francis Simons. Esse é o seu nome, não é? A polícia confirmou agora há pouco. Diz aqui... órfão. Correto?

Eu não respondi. Continuei encarando os dois olhos verdes sem saber o que fazer.

— Aceitarei isso como um sim, então — ele afirmou, calmo, e soltou uma fivela na minha testa que liberou instantaneamente o movimento da minha cabeça.

O homem continuou soltando as fivelas que me mantinham preso à cama e inclinou para cima o encosto. Segundos depois, quando, por fim, fiquei sentado, pude ver onde estava: um quarto muito branco e cuidadosamente arrumado.

O ambiente estava repleto de equipamentos hospitalares. Alguns lembravam, e muito, máquinas de tortura encontradas em campos de concentração nazistas. Eu olhava para todos os lados, assustado, sem compreender o que estava acontecendo. Minha fala parecia ter me abandonado, por isso apenas continuei encarando o homem com roupa de médico, que me observava e fazia anotações em uma prancheta. Em seguida ele ligou uma câmera que estava no alto de um tripé.

— Dia 27 de junho de 2004, onze da manhã — ele narrou, de repente. — Pronto para nos contar o que realmente aconteceu na Colina de Darrington, Ben?

Colina de Darrington. Ao ouvir aquele nome, minha mente reproduziu com exatidão o som de um disparo de arma de fogo. E as lembranças começaram a voltar como uma avalanche. A Carlinha estava morta. Eu a salvara, mas ela estava morta... Estavam todos mortos.

Antes que eu pudesse prosseguir com as reminiscências, a porta tornou a se abrir e um homem de terno, careca, negro, alto e com aparência imponente entrou no quarto:

— Deixe-nos a sós, por favor, dr. Jones — ele pediu, sereno.

O doutor obedeceu sem dizer nada. Assim que ele se foi, o homem de terno se dirigiu à porta e a trancou. Em seguida, caminhou até a câmera e a desligou. Então, em um dos extremos do recinto apanhou o espelho pendurado na parede. Aí, veio em minha direção e colocou o espelho bem diante de mim:

— Olhe — falou. — O que você vê?

Meu reflexo me encarou com uma aparência horrenda. Olheiras escuras transformavam meus olhos e a barba serrada preenchia meu rosto. Eu parecia outra pessoa. Meus cabelos, sujos e desgrenhados, apontavam para todas as direções. Uma camisa de força me tolhia os movimentos. Aquela visão me chocou.

— Sabe o que você está vendo, Benjamin? — questionou o homem, ao não obter resposta. — Um louco. Alguém que perdeu o juízo e cometeu um crime horrível.

Eu o ouvi, sem entender. Ele largou o espelho em uma mesa com utensílios médicos e voltou até a cama.

— Meu nome é Alastor Kingsman. Sou chefe de polícia do estado de New Hampshire. E você nos deve muitas explicações. Poderia começar explicando o que o motivou a cometer todos aqueles assassinatos.

Mais uma vez as palavras dele não fizeram sentido para os meus ouvidos. Quais assassinatos? Eu matara a Carlinha para livrá-la do ritual. E alguns dos homens que a prenderam, mas para salvá-la. Todas as provas estavam dentro da casa!

— Eles queriam sacrificar a Carla em um ritual! — eu falei, em tom de urgência, e senti uma grande apreensão se apoderar de mim.

— De novo essa história de ritual, Ben? — Kingsman balançou a cabeça. — Você foi preso em flagrante, na cena dos crimes, com a arma que realizou todos os disparos na mão. Gritava a plenos pulmões sobre demônios e rituais, repetia nomes estranhos e frases confusas a todo o momento. A polícia precisou imobilizá-lo para conter sua agressividade, mas infelizmente era tarde. Você já havia matado até a sua prima de cinco anos de idade.

Aquilo não podia ser verdade. Como eles não tinham encontrado Jack McNamara e o seu comparsa mortos dentro da casa?

— O corpo de McNamara estava lá dentro! — eu gritei. — Ele era o líder do ritual, era o líder de todos eles! Tive que matá-lo para salvar a minha prima!

— Não havia mais ninguém na casa além dos corpos dos seus tios, Ben. E você disse McNamara?

— Jack McNamara! — eu gritei novamente. — Ele estava envolvido no ritual! Ele, meu tio e todos os outros!

— O avião que levava Jack McNamara para uma reunião no Brasil caiu no oceano na tarde de 24 de junho, Simons. Como ele poderia estar envolvido? Eu era amigo íntimo de McNamara e sei que ele jamais faria algo parecido. Não faço ideia de onde você tirou mais essa loucura.

Minha cabeça latejava. A cada frase que a voz serena de Alastor Kingsman proferia, meus pensamentos se tornavam mais confusos.

— Você matou os seus tios, Ben. Desligou os aparelhos que mantinham a sua tia viva e, com uma arma, atirou no sr. Johnson. Uma Smith & Wesson comprada em junho de 1990. Essa arma já havia sido usada em outro crime horrendo na época de sua venda, o que nos faz imaginar também como ela foi parar em seu poder dentro da casa. Isso estimula a sua memória?

— Eu... eu não matei meus tios — gaguejei, sentindo um pavor imensurável obscurecer o meu coração.

— Matou, sim. E, em seguida, matou a sua prima Carla com a mesma arma, na floresta próxima à residência. — Alastor me encarava. — E agora eu refaço a pergunta: o que o motivou?

Aquela conversa gelava o meu sangue. Não podia ser verdade.

— Eu não os matei, juro! Foi tudo um ritual, organizado por pessoas importantes, a Amanda...

— Amanda... Bom você a ter mencionado. Você também a matou, Ben? — As pupilas de Alastor cintilaram.

— Se eu matei...? Amanda? Não, de jeito nenhum! — eu balbuciava, desesperado. — Ela tirou os outros homens encapuzados da casa para que eu pudesse entrar e salvar a Carlinha!

— A Amanda foi vista pela última vez saindo da faculdade, em Derry. Pouco antes de você vir para a Colina de Darrington. Desde então, nenhum professor teve mais notícias dela.

Aquilo já era demais. A Amanda me ajudara. Fora ela quem me salvara da queda da janela e disparara os sinalizadores para eu poder entrar. Ela estava lá!

— Benjamin... Você é um jovem órfão que teve um início de vida muito conturbado. Os jornais entrevistaram as freiras e outros órfãos amigos seus no orfanato Saint Charles, e todos foram unânimes em afirmar que você sempre foi isolado e sempre repeliu qualquer possibilidade de amizade lá dentro.

O que ele estava dizendo? Eu era amigo de todos e gostava muito do orfanato. Aquilo era uma grande mentira. O desespero me sufocava tanto que meu cérebro não conseguia articular nenhuma defesa.

— Você matou, sozinho, três pessoas da sua própria família. E é suspeito da morte de uma quarta. Os jornais estão como abutres. Todos querem saber mais sobre o assassino da Colina de Darrington. Sobre você, Ben.

Não respondi. Eu não era assassino. Tinha salvado a Carlinha, eu a vi de mãos dadas com a tia Júlia. Ela me agradeceu. Mais uma vez ouvi o estampido seco do tiro que arrancou a vida da minha prima e na hora comecei a chorar:

— Não sou um assassino! — gritei. — Eu vou provar! Vou desmascarar todos para a imprensa!

— Ninguém dará ouvidos a um louco, Simons! — Alastor respondeu, divertido. — Pense! Diga-nos a verdade e tente atenuar a sua pena. As pessoas estão falando em cadeira elétrica, Ben. Estão te chamando de *O Monstro da Colina* na televisão.

Aquela acusação, definitivamente, era como um pesadelo sem chances para mim. Não adiantava retrucar. Todos os meus argumentos eram quebrados com facilidade por Alastor Kingsman. Por que aquilo estava acontecendo? Quem daria ouvidos a um "louco assassino" que falava de rituais satânicos, ainda mais envolvendo figuras importantes como Jack McNamara? Minha mente trabalhava a todo vapor, mas eu não conseguia pensar em nada. Sentia-me tão cansado... tão desesperado...

— Foram monstros, demônios... Existe um mal na casa! — desabafei, sem ar. — Não fui eu, Kingsman.

— Aquela casa realmente não tem um bom histórico, Ben. Mas o único monstro, o único demônio aqui, é você — o chefe de polícia concluiu, com uma expressão pesarosa.

Fechei os olhos sem conseguir acreditar. Eu sabia que não fizera aquilo. Todos os acontecimentos estavam nítidos na minha memória. Desejei com todas as minhas forças que a Amanda aparecesse, naquele momento, e me dissesse que eu não estava louco.

— O Sanatório do Condado de Borough é mais do que capacitado para cuidar do seu caso enquanto você aguarda o julgamento, Ben. Fiz questão de indicar sua permanência aqui, alegando que você não tem estrutura para ser preso. Você está doente e precisa de tratamento.

Não respondi nada. Minha cabeça girava, meus olhos ardiam. Aquilo não estava acontecendo. Eu tinha de acordar, precisava provar.

— A verdade virá à tona, Kingsman... — sussurrei, com ódio.

— Boa sorte com isso, senhor Simons. — E Alastor se dirigiu à porta. — Acredito que, com o tratamento adequado, essa sua ilusão simplesmente desaparecerá e você nem se lembrará mais desse delírio com tantos detalhes. Tenha uma boa vida. A gente se vê em breve.

Quando ele se foi, o desespero me consumiu por completo. Eu não poderia permitir que isso acontecesse, não poderia apodrecer ali e levar a culpa pelo que ocorrera.

Gritei e me debati, e minha agitação provocou a atenção dos médicos. No momento seguinte, senti uma agulha penetrar sem muita delicadeza o meu pescoço e apaguei quase instantaneamente.

Em menos de uma semana, eu passara de adolescente órfão e trabalhador para assassino impiedoso e demoníaco. Benjamin Francis Simons era O Monstro da Colina. A injustiça do que tinha acontecido, somada a todo o terror que o real episódio me provocava, fazia os dias se transformarem em uma torturante eternidade. Não pude nem dar um último adeus para a tia Júlia e a Carlinha em seus velórios.

Passei os meses seguintes dopado. Era o que faziam comigo sempre que eu insistia em gritar a minha versão para todos que quisessem, ou não, ouvir. Após perceber que aquilo não surtiria efeito, me transformei em uma figura calada e me isolei. Passei a duvidar da minha própria sanidade e me flagrava discutindo com as vozes na minha cabeça cada vez com mais frequência. Ninguém queria ficar perto de mim, mas isso não me incomodava.

Meus dias se alternavam entre crises de loucura, que me tiravam a paz, e momentos de vaga lucidez, em que eu reunia recortes de jornais de maneira paranoica, lutando quase sem forças para provar uma inocência que nem sabia mais se existia de verdade. Mas tudo fora tão real...

Os primeiros anos foram os piores. A imprensa me assediava sem trégua e as entrevistas com Alastor Kingsman eram praticamente sessões de tortura. Mesmo assim, nunca revelei ao público nenhum detalhe do que vivi na Colina de Darrington, no fatídico ano de 2004.

Calei minha voz em um determinado momento da minha sentença, e assim permaneci...

Até hoje, aqui, de frente para você, dr. Lincoln, neste exame de rotina. Calculei que onze anos eram o suficiente para deixar as coisas esfriarem. Até porque o rapaz que sentia medo morreu há pelo menos cinco. E hoje, aos vinte e oito anos, faz pelo menos onze que não tenho uma vida. Apenas respiro.

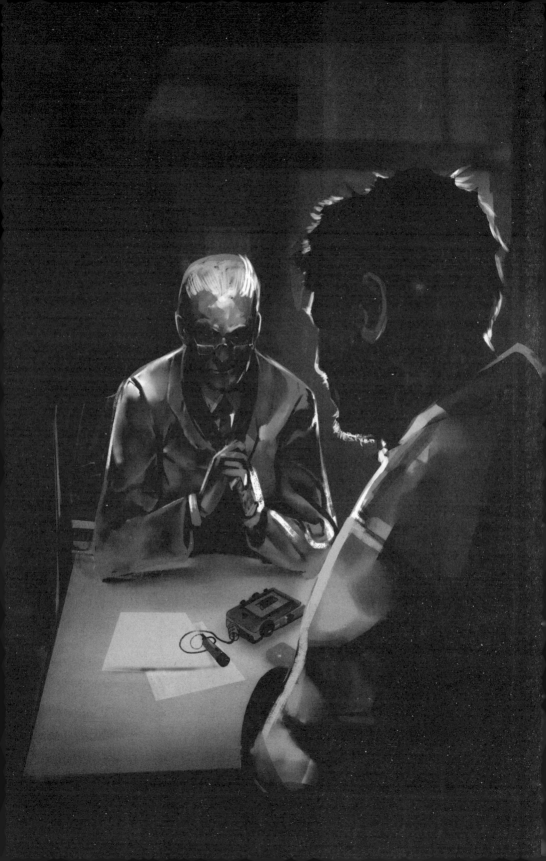

XII O DESPERTAR

Este, doutor, é o meu testemunho. Mas, como Alastor Kingsman sabiamente disse onze anos atrás, é apenas um delírio. Fique à vontade para duvidar dele.

— Ben Simons, 17 de fevereiro de 2015.

COM MINHAS PALAVRAS FINAIS, RESPIREI FUNDO E BAIXEI a cabeça, encarando o chão de piso branco meticulosamente limpo, que refletiu um rosto desgrenhado e acabado, cujo único brilho fraco vinha de dois grandes olhos azuis ofuscados por profundas olheiras.

Foi duro lembrar de tudo aquilo, reviver todo o pesadelo na Colina de Darrington, desde o primeiro dia até hoje, 17 de fevereiro de 2015. Um pesadelo só meu, que ninguém acreditava ter acontecido de verdade. Eu mesmo já não acreditava mais. No entanto, tudo o que acabara de narrar ainda pulsava em minha mente, como se houvesse acontecido dias antes. Tornei a olhar para cima e vi que o senhor de aparência bondosa sorria.

O velho e grisalho dr. Lincoln me estudou por sobre seus óculos de grau quadrados.

— Incrível que você ainda se lembre de tudo com tanta exatidão, Benjamin... — ele sussurrou, distraído e impressionado, puxando seu bloco de anotações para perto de si e desligando o gravador. Então, me fitou com um sorriso irônico que apagou imediatamente o rosto idoso e amável que eu conhecera naquele dia.

— Alastor Kingsman é mesmo um homem muito inteligente. Para nossa sorte, você está preso aqui para sempre, refém da sua própria loucura, portanto não pode nem sonhar em nos atrapalhar mais. Falando nisso, diga-me, Ben: ainda tem pesadelos com o servo de Moloch?

Moloch. MOLOCH! Meu coração começou a bater forte no peito e meu corpo estremeceu. Num movimento selvagem, me lancei por sobre a mesa, para cima do dr. Lincoln, sem medir consequências, e o agarrei pelo colarinho.

— ACONTECEU, NÃO ACONTECEU, LINCOLN?! — gritei, em surto. — FALE A VERDADE! EU SEI QUE ACONTECEU!

Ele apenas me encarou, enquanto eu berrava, e gargalhou, com um desprezível ar de vitória. Desferi um soco certeiro e violento que acertou seu rosto com toda a força que surgiu em mim, como se meus músculos tivessem acordado após anos de hibernação. Os óculos dele se quebraram no mesmo instante e o sangue escorreu pelo seu nariz.

Não vi quando o doutor, com a mão livre, apertou o pequeno e temido botão vermelho abaixo da mesa da Sala de Entrevistas. Em algum lugar no Sanatório do Condado de Borough, uma campainha soou, discreta. Enquanto eu socava o dr. Lincoln e gritava para que ele dissesse a verdade, uma equipe de médicos entrou e logo fui contido por, pelo menos, quatro pessoas.

Eu sabia. Onze anos da minha vida completamente desperdiçados, resumidos a dias de questionamentos incessantes, culpa e tortura mental.

Quando a agulha penetrou o meu pescoço e o sedativo começou a fazer efeito, vi com os olhos embaçados o dr. Lincoln sendo socorrido pela equipe, mentindo descaradamente, explicando que eu havia surtado do nada:

— Isolamento — ele ordenou a um dos médicos.

Logo em seguida, eu apaguei.

Despertei com a cabeça latejando demais. O chão acolchoado que senti nas minhas costas me poupou de indagar onde eu estava. Por várias vezes, durante minha sentença no Sanatório do Condado de Borough, passei noites na solitária. Portanto, aquele era um local bem familiar para mim.

Mais uma vez me colocaram a maldita camisa de força. Arrastei-me até um canto e me encostei na parede, pensativo. Não sabia se era um alívio ter ouvido aquela revelação do misterioso dr. Lincoln ou se era ainda mais desesperador, porque confirmaria que aqueles monstros existiam de fato e que estavam soltos por aí.

Quantos além de mim, da tia Júlia, da Carlinha e da Amanda precisariam sofrer para que eles atingissem os seus objetivos? Quantos mais teriam seu privilégio de viver arrancado à força por motivos torpes? O que eu estava vivendo era uma prova concreta do que eles eram capazes de fazer e de quanta influência tinham no mundo real.

Em meio a pensamentos suicidas, eu me lembrei da Carlinha e de seu sorriso lindo no momento em que a salvei e a vi de mãos dadas com a tia Júlia. Mesmo que nenhuma das duas nunca mais tenha aparecido para mim, imaginei-as em um bom lugar.

O barulho seco e metálico da tranca da porta me trouxe de volta ao isolamento. Quando a barra de ferro foi recolhida e a entrada se abriu, uma enfermeira com máscara cirúrgica entrou carregando uma pasta. Ela acendeu a luz e trancou novamente a porta atrás de si, o que foi muito estranho. Uma vez trancada, a porta não abre por dentro.

Intrigado, observei-a vir na minha direção e me encolhi involuntariamente no canto, como um animal desconfiado, achando que poderia ser mais alguma sedação ou outra sessão de tortura.

A enfermeira misteriosa se agachou um pouco à frente e, abrindo o zíper, deixou cair todo o conteúdo da pasta no chão acolchoado sem dizer uma palavra sequer. Assustado, olhei para ela, que continuava calada, e fitei os vários papéis, de diversos tamanhos e cores, que se apinhavam no chão da solitária.

Sem entender o que ela queria, me arrastei como pude, preso pela camisa de força, para perto dos documentos. A enfermeira me ajudou a me sentar e posicionou as folhas de modo que eu conseguisse ver uma a uma. Perplexo e confuso, comecei a ler o que estava escrito e me deparei com vários recortes de jornais, atuais e antigos, alguns datados de junho de 1990 e junho de 2004, quando tudo ocorreu na Colina de Darrington. Além disso, ainda havia fotos diversas de Alastor Kingsman, documentos e transcrições policiais, prontuários médicos, incluindo um com o meu nome, anotações e folhas com textos e poesias assinados por Júlia Marie Johnson. A tia Júlia.

Extasiado, olhei para cima e a enfermeira enfim abaixou a máscara cirúrgica:

— Você não está louco, Benny — a Amanda falou, apressada.

Naquele momento, o sangue pareceu voltar ao meu coração, quase como um raio, e ele voltou a bater freneticamente.

— Reuni todos esses arquivos durante estes onze anos. Não temos muito tempo. Preciso te tirar deste lugar.

— Amanda... — balbuciei, sem reação.

Ela estava ali. Mais velha, e ainda linda, a Amanda estava ali. A emoção de vê-la na minha frente, viva, foi forte demais. Embora não tivesse tanta certeza do que de fato acontecera, eu não estava louco. Não estava. No fundo, eu sabia que era real. Chorei, depois de onze anos, as lágrimas mais pesadas e sinceras de toda a minha mísera existência.

— Desculpe-me por ter desaparecido por todo esse tempo... Onze anos é muita coisa, mas eu não podia arriscar. — Ela me fitava, triste. — Depois do que houve na Colina de Darrington, eu fugi e passei a ser perseguida. Quando voltei a Derry, o mesmo amigo que me ajudou a desvendar os segredos sobre os rituais me escondeu. Ficamos alertas e investigamos desde então. Você não vai acreditar nas coisas terríveis que estamos descobrindo. Aquele grupo não parou. Eles estão na ativa novamente, e agora planejam um estrago muito maior.

— Do que você está falando, Amanda? — perguntei, sério.

— Eles falharam por sua causa, Ben. E agora querem atacar o Saint Charles. O orfanato onde você cresceu.

Ao ouvir aquilo, o ódio voltou a palpitar nas minhas veias, mas, antes que eu pudesse falar alguma coisa, ela continuou:

— Não vamos permitir. Temos tudo planejado. Iremos tirar você daqui. Venha, deixe-me soltar essa coisa horrível.

A Amanda retirou a minha camisa de força e se levantou. Dirigiu-se até a porta e deu duas batidas fortes na imensa placa de metal. Mais uma vez, o barulho seco anunciou a sua abertura. Um homem de olhos verdes e cabelos castanhos, com roupa de médico, surgiu carregando uma maca.

— Benny, este é o Andrew. Andrew, vamos tirar o Ben deste inferno.

O homem assentiu com a cabeça e, sorrindo, estendeu a mão para que eu a apertasse.

— Prazer, Ben. Hora de acordar deste pesadelo.

Cumprimentei o Andrew e pensei, enquanto me colocavam na maca, que, de fato, eu acordaria. Mas que o alívio e a excitação de finalmente deixar aquele lugar depois de onze terríveis anos não iriam durar. Nem mesmo a ideia de revisitar o meu passado no Saint Charles.

Ainda havia muito a descobrir e a perguntar para a Amanda, mas uma única certeza se tornou clara na hora em que eles jogaram um pano branco por cima de mim e eu fui arrastado pelos corredores, em cima da maca, como um cadáver qualquer: um outro pesadelo de grandes proporções estava sendo arquitetado pelos mesmos maníacos que me transformaram no que sou hoje. E muito em breve todo o horror que eu vivi em Darrington pareceria um inocente passeio no parque.

A diferença era que, desta vez, eu estaria preparado.

00:43 PM

REC 11:00:00

AGRADECIMENTOS

Escrever este livro foi um imenso desafio pessoal. Foram muitos meses de trabalho, pesquisa e muita, muita paciência. Embora ele seja aparentemente curto, tive de recriar cenas inúmeras vezes e reescrever detalhes, e a cada uma delas eu fazia o exercício de imaginar como num filme, para que fosse o mais real possível para o leitor. Foram muitas as horas de trabalho, as noites em claro e os calos nos dedos. Ainda bem que a gente sempre encontra pessoas no caminho dispostas a nos ajudar.

Eu tive muita sorte. Este foi um projeto no qual trabalhei por muito tempo, mas nunca sozinho. E a ajuda veio de diversas formas. É difícil até dizer quem colaborou mais.

Primeiramente, agradeço a Deus e à sua imensa sabedoria. Tentei publicar algo por muitos anos, mas este foi o momento. Se Ele quis assim, com certeza foi o melhor.

Agradeço aos meus pais, Eliane e Aredes Barcelos, por sempre confiarem na minha criatividade e apoiarem minhas aventuras literárias, portando-se sempre como os meus maiores fãs.

À minha avó Ivone Lourdes, agradeço pelo carinho de sempre; ao meu finado avô Oscar, agradeço pela luz que ilumina sempre meu teclado escuro nas madrugadas.

Ao meu irmão, Felipe Barcelos, agradeço a paciência com as noites sem dormir, aturando o barulho insistente das teclas. E pela amizade leal e o apoio com as minhas obras desde que éramos moleques.

À minha noiva, Giulliane Mallen, meus sinceros agradecimentos cheios de amor. Você foi imprescindível desde o primeiro capítulo, sendo sempre a primeira a ler e a opinar. Agradeço ainda por ter aturado minhas dúvidas, perguntas e paranoias. Eu te amo demais, sua ajuda e apoio foram fundamentais.

Agradeço ao meu editor, Pedro Almeida, pela oportunidade, pelo suporte e pela sabedoria. Muito mais que um editor, você se tornou um exemplo de profissional e um grande amigo.

Ao Thomaz Magno, desenhista e ilustrador de talento único que mostrou ser, além de competente, um amigo de verdade, deixo aqui o meu muito obrigado.

A todos na Faro Editorial, agradeço o voto de confiança, a paciência e o esmero com o meu projeto. Vocês não fazem ideia do quanto estou feliz por estar aqui.

À Milena Gaspar, minha revisora, altamente habilidosa, competente, criativa e paciente, cujas dicas valiosas fizeram toda a diferença no livro inteiro, registro aqui o meu muito obrigado.

Ao Marco de Moraes, grande amigo e um autor de talento incontestável, fonte inesgotável de boa vontade e inteligência, meu guru de todas as horas — obrigado.

Ao Raphael Barcelos, meu primo e grande amigo, um dos pioneiros na leitura deste livro, juntamente com Antonio Victor e Leonardo Cavalcante, queridos amigos de muitos anos: o *feedback* de vocês teve um impacto imenso, e por isso eu agradeço.

Ao Rafael e à Sheila Machado, agradeço pela amizade sincera, pelo apoio de sempre e pelo profissionalismo sem precedentes. O excelente trabalho de vocês mantêm meu corpo em forma e, junto, minha mente, que nunca funcionou tão bem.

Aos meus tios Antonio e Marcia Santoro e minhas primas Thais e Tatiane: a força de vocês vem de muito tempo e eu sei que sempre posso contar com ela. Obrigado.

São vários os amigos e os familiares que tiveram importância, mas, para citar todos, eu precisaria de muitas páginas, e não quero esquecer ninguém. Espero, de verdade, que o meu sincero obrigado chegue até os corações de vocês e toque-os com todo o carinho e gratidão que sinto neste momento.

Agradeço, por último, mas não com menos importância, a cada um que leu desde a primeira palavra até este último parágrafo dos agradecimentos. Este livro é, e sempre foi, para vocês. Espero que tenham gostado.

Marcus Barcelos
Rio de Janeiro, maio de 2015.

COPYRIGHT © FARO EDITORIAL, 2016

Todos os direitos reservados.
Nenhuma parte deste livro pode ser reproduzida sob quaisquer meios existentes sem autorização por escrito do editor.

Diretor editorial **PEDRO ALMEIDA**
Preparação de textos **TUCA FARIA**
Revisão **GABRIELA DE AVILA**
Capa e projeto gráfico **OSMANE GARCIA FILHO**
Imagens de capa © **ROY BISHOP | ARCANGEL,**
© **KOCHNEVA TETYANA | SHUTTERSTOCK**
Ilustrações internas © **THOMAZ MAGNO**

Dados Internacionais de Catalogação na Publicação (CIP)
(Câmara Brasileira do Livro, SP, Brasil)

Barcelos, Marcus
  Horror na Colina de Darrignton / Marcus Barcelos. —
Barueri, SP : Faro Editorial, 2016.

ISBN 978-85-62409-79-0

1. Ficção de suspense I. Título.

15-08208   CDD-869.3

Índice para catálogo sistemático:
1. Ficção de suspense : Literatura brasileira   869.93

1ª edição brasileira: 2016
Direitos de edição em língua portuguesa, para o Brasil, adquiridos por FARO EDITORIAL

Avenida Andrômeda, 885 - Sala 310
Alphaville – Barueri – SP – Brasil
CEP: 06473-000
www.faroeditorial.com.br

Se você está lendo isso, é bem provável que eu já esteja morto.
 Mas é muito importante que o mundo saiba o que realmente aconteceu depois que eu deixei aquele maldito sanatório e, acredite, já não há mais salvação para mim.
 A escuridão sempre foi muito maior.
 Se Deus realmente existir, que El' nos ajude...

—Ben

BEN SIMONS IRÁ EMBARCAR EM UMA VIAGEM SINISTRA NA BUSCA POR JUSTIÇA E REDENÇÃO.

O QUANTO DO "MENINO BOM" AINDA RESTA?

Confira a continuação DANÇA DA ESCURIDÃO!

ESTA OBRA FOI IMPRESSA EM
OUTUBRO DE 2021